中公文庫

文学の空気のあるところ

荒川洋治

中央公論新社

この本には、九つの講演を収めました。書物にまつわる話です。小説が中心ですが、詩歌の話題もあります。

本を読んだ。読んだことを話した。

それがこの本の内容です。あとは特にありません。会場のみなさんの（笑）はそのまま入れることにしました。

本の話をしていると、興味のなかった作品のことも気になったり急激に好きになることがあります。読書は人間を変え、風景を変え、空気を変えるのでしょう。

では、始めましょう。

荒川洋治

目次

I

文学の空気のあるところ

I

昭和の本棚を見つめる

こんにちは。今回の「夏の文学教室」は「「昭和」という時間」のテーマで、いろんな人が話します。今日は初日です。

暑いですね。今朝、テレビを見ていたら、岐阜県の多治見市で女の子にインタビューをしていて、暑いねって言ったら、「多治見だから暑い」って答えてるの。(笑) すごいです、哲学的な答ですね。こういう暑さのなかで、みなさんたくさんお集まりいただいて、二階の方はどうも、がら空き。(笑)

この、よみうりホールでの講演は、日本近代文学館の主催です。東京・目黒区の駒場に日本近代文学館があります。ぜひいらっしゃってください。

日本近代文学館は、国や都などからお金を一切もらっていません。いろんな圧力や影響がないよう、公正にするためです。維持会員などの会費、民間の会社や個人からの寄付、図書資料の閲覧費などで成り立っています。書籍、雑誌など一三〇万点の資料を収蔵しています。正面玄関に入りますと、左側に「すみれ」という喫茶店があります。ここはその前は「たんぽぽ」でした。いまは「すみれ」。ぼくは上京して大学一年のときに、ちょうど開館（一九六七年）の一年後だと思いますが、そこに入った。まあぼくにとってのパワースポットみたいなものですね。力がわいてくるという。わあすごい、日本近代文学館だ、と。

で、それからもこの店によく入りました。そこのナポリタンがおいしい。もう、いまの世の中、日本からナポリタンが消えているみたいですね。先だって「芸術新潮」（二〇一〇年一月号）で、「わたしが選ぶ日本遺産」という豪華な特集をしました。みなさん富士山、伊勢神宮などを挙げているときに、ぼくは「たんぽぽ」を選んだ。（笑）日本近代文学館の「たんぽぽ」。見開きで大きく、ですね。「芸術新潮」の人も困ったでしょうね、でも写真を撮りに行ってくれました。小さな喫茶店が、黄金の間みたいに。ベルサイユとまではいかないけれど、かっこよく写っている。いまは代が替わり、「すみれ」という名前になりました。

文学全集と夕日

さて、いまから本題です。「降る雪や明治は遠くなりにけり」。中村草田男《なかむらくさたお》の名句です。もうことわざかと思うほど知られている。俳句をつくる人って、名前の下が長いですね。草田男、なんかひとつ取ってほしいみたいな。（笑）水原秋桜子《みずはらしゅうおうし》、長谷川零余子《はせがわれいよし》、田川《たがわ》飛《ひ》旅子《りょし》。ちょっと字あまりみたいな。下の方はこう、どんよりしている。面白いですね。

いまの時点で「明治は遠くなりにけり」というと、ああ、ほんとうに明治が遠くなったなあ、という感じがしますが、この句は、昭和六年の作だそうです。草田男は、中国の厦門《アモイ》で生まれました。お父さんが日本領事館につとめていた。それから愛媛、東京へ。小学校の大半は東京でした。中村草田男は東京・赤坂区（現在、港区）の青南尋常小学校に、久しぶりに出かけた。そしたら雪が降ってきた。昭和六年というのは、明治が終わってからまだ二〇年くらいなものでしょう。明治の終わりかけの頃に、自分がそこの小学校に通っていたんですね。あたり一面、校庭が雪景色になりますと、風景がちがって見えます。ああ明治は遠くなったな、と。

二〇年ほど前のことなのに、明治は遠く感じるという。終わってまもない時代なのに、遠く感じる。遠いものを遠いと感じるのではない。そこにこの句の感慨がある。

昭和が終わりまして、いま平成二二年ですね、だいたいこの距離感ですね。うまくいっていますよ、話がうまくいっています。（笑）二〇年ほど前に終わった昭和、このときにみんながどんな本を読んでいたか。今日はこういう話です。どんなふうに読書というものを考えていたかということです。それが、「降る雪や」ではないけれど、遠くに感じるという、こういう時代になりました。昭和というか戦後は、みんなが本を読んでいる、ほんとうに読んでいたかどうかわかりませんよ。かっこうとして読んでいたんですね。家には、文学全集とかありますからね。母の姉、礼子おばさんが、ぼくが中学生の頃ですが、文学全集をそろえていた。ここに『正宗白鳥集』だけをもってきましたが、『日本文學全集』、新潮社の赤い函入りの全集です。全七二巻。全体で一五〇〇万部売れたんです。

この全集は、昭和三四年にスタートしました。第一回配本は、たいていの場合、人気作家ですね。誰だと思いますか、井上靖ですね。芥川賞を受賞してまだ一〇年ほどですが「闘牛」などを収録。この間NHKのドラマになった「氷壁」も入っています。第二回は誰か。芥川龍之介です。第三回、川端康成、第四回は三島由紀夫。三島由紀夫は当時三四歳です。三四歳で文学全集入りですね。第五回が太宰治で、第六回にようやく夏目漱石です。

井上靖。ぼく一度、ある詩人賞の選考委員をしたことがあるのですが、食事のとき、隣りの席に、別の部屋でもうひとつの賞の選考をしている井上靖さんがおられました。もう誰も気がつかないくらい控え目な方。で、みんな、この方があの有名な井上靖だと思っているのだけれど、そのことにふれませんものね。あそこまでいきたいですね。(笑)ああ、あの人だと言われているうちは、まだだめ。あそこを歩いているのは荒川さんじゃないかな、それはだめ。無視。これくらいのところまでいかないと。

それまでは筑摩書房から昭和二八年に『現代日本文學全集』という全九七巻、別巻二というのが出て、昭和三四年に完結した。これが決定版とされた。総発行部数、一二〇〇万部。筑摩書房からは何種類も文学全集が出ていますけどね。そのあとも各社から、いろいろ出ましたが、そのひとつが、この新潮社の赤い函のものです。うちのおばさんなんか、買ったのに一冊も読んでない。(笑)山岡荘八のベストセラー『徳川家康』がずらっと並んでいる。これはおじさんと二人で読んでいたみたい。徳川家康に何を期待したんでしょうね。

いま『正宗白鳥集』をなつかしいなと思いながら読んでいて、たまたま奥付を見ると、第一刷のもので、昭和三八年の二月。もう一冊、同じものをぼくはもっていますが、それを見ると、昭和四二年七月、第一五刷。四年間で一五刷、すごい売れ方ですね。まあ、買うだけは買ったということでしょうね。なかば見栄です、これは。家に文学全集のひとつもないと笑われちゃう。平凡社の百科事典も、ないとね。笑われたっていいんですけどね。ともかくそういうことなんです。

昭和三三年に、東京タワー完成。そういえば、もう五年前になりますが、「ＡＬＷＡＹＳ　三丁目の夕日」という映画がヒットしましたね。昭和が色濃い時代ですよ。お母さんが薬師丸ひろ子、お父さんが堤真一、子どもが、名前は知らないけれど子ども。（笑）あと、きれいな小雪さん。吉岡秀隆が茶川竜之介という作家役でね、弱気で、大丈夫かなっていう作家でした。

最後の、もう終わるところの、夕日の場面がいいですね、鈴木オートっていう、小さい店でね。ラストシーン、おぼえていますか。うろおぼえで再現してみますね。そろそろ完成する東京タワーを望んで、鈴木オートの車を停めて親子三人、薬師丸ひろ子と堤真一と子ども。「夕日がきれいだね」、これは堤真一です。（笑）そしたら子どもが、「あったりまえじゃないか、明日だって、あさってだって五〇年先だって、きれいだよ夕日は」。（笑）薬師丸ひろ子が「そうね、そうだといいわね」。堤真一が「そうだといいなあ」。「五〇年先だって」って言いますか、普通、子どもが。（笑）漫画が原作ですからね。音楽がまたいい。いまいちばんいい曲をつくっているのではないですかね、佐藤直紀。ＮＨＫの「龍馬伝」の音楽も同じ人。

昨日の「龍馬伝」第三〇回、見ましたよ。この間、学生に「龍馬伝で、ほら岩崎弥太郎が」って言ったら、シーン。知らない。何をやっているんですかね毎日、学生ってね。テレビも見ずに。まあぼくが見ているだけかもしれません。（笑）すごいな、香川照之の岩崎弥太郎。いま話がとんでいます。（笑）もう、野心まんまん。「それがなんじゃー」みたいな感じ。龍馬（福山雅治）の方は涼しげで、いい男、色っぽい。もう男の敵。（笑）弥太郎は、真っ黒に汚れた顔で目はぎらぎら。鳥籠なんか、じゃらじゃらさせながら。いまに金儲けてやる。すごいな、あの二人は。このあいだ岩崎弥太郎が、牢屋に入っている岡田以蔵（佐藤健）が死んでいくときに、武市半平太（大森南朋）の命令で毒入りのまんじゅうを渡すところ、ほんとうは渡したくないのだけれど、渡したいみたいな不思議なところ。（笑）すごかったです。

さてこの「三丁目の夕日」。街頭テレビがあって、力道山を応援して、もうみんなで見てた、あのときは。何かほのぼのとした感じ。ちょうどこの赤い函の全集が始まった頃です。その昭和三〇年代は、文庫では岩波文庫も新潮文庫も角川文庫もありましたが、小説は新書でも読んだんですよ。講談社にミリオン・ブックス、ロマン・ブックスがありまして、相当な点数です。たとえばロマン・ブックスだと、川端康成『山の音』、室生犀星『かげろふの日記遺文』、三島由紀夫『美徳のよろめき』、安岡章太郎『海辺の光景』と、いろいろな純文学の作品がある。他に、角川小説新書、学習研究社の日本青春文学名作選、河出新書。光文社のカッパ・ブックスでは、伊藤整『文学入門』が大ヒット。いまぼくらは文庫で読みますが、新書で小説を読むのが普通だったんですね。

これ、なぜ消えたのか考えたい。最近は改行する人が多いです。赤川次郎も西村京太郎も。それはそれで文学なんだけれど、改行はふえる。だから新書で読むと、一ページの面積が文庫より広いから、白が多くて、すきすきになる。小説には密度があった。読むほうは密度のあるものを与えられていた。これが昭和です。もう結論ですね。（笑）論証なし。

昭和三四年から始まって四〇年に完結した、新潮社の『日本文學全集』は赤い函ですが、河出書房新社の『世界文学全集』はグリーンの函。ほぼ同時期の刊行です。

そのあと、人気があったのが、新潮社の「純文学書下ろし特別作品」というシリーズです。ハードカバーで函入り。五〇代以上の方は、「ああ、あれか」と思うはずです。始まったのが一九六一年、昭和三六年ですね。東京タワーができて三年後です。この一九六一年に石川達三『充たされた生活』が出た。次の年に安部公房の『砂の女』、安岡章太郎『花祭』。一九六三年、菊村到『遠い海の声』、一九六四年、大江健三郎の『個人的な体験』、一九六六年、北杜夫『白きたおやかな峰』、遠藤周作の『沈黙』などとつづいた。一九六八年、開高健『輝ける闇』。そして何といってもヒットしたのは一九七二年の有吉佐和子の『恍惚の人』ですね。「恍惚の人」、みなさんまだ大丈夫ですよね。(笑)ぼくはちょうど学生の頃で、『砂の女』『沈黙』を学生たちも読んでいた。岸田今日子主演で「砂の女」は映画にもなった。シリーズの中心になったのは「第三の新人」の作家です。

少し上の、いわゆる戦後派では、椎名麟三の『懲役人の告発』、堀田善衞の『橋上幻像』『路上の人』など。中村眞一郎の小説は一般にあまり通りがよくないのですが、点数はトップクラス。『恋の泉』『四季』『夏』『秋』『冬』の五冊。ぼくはそろえて、ときどき読んでいます。あとは安部公房が『燃えつきた地図』『砂の女』『箱男』など。こうした例外はあるけれど、たとえば当時も文学の前線にいた大岡昇平、梅崎春生、武田泰淳、野間宏、その前の世代「昭和一〇年代作家」では石川達三を除く人たちが、ここでは除外された。それで何か変わった、風景が。世代が交代したというよりも、何かちょっと文学の質が変わった。

このシリーズは、純文学と一般読者がもっとも接近したという意味では画期的でした。だから文学は純文学だと思った。この頃の学生たちはみんなそうです。ところがこうした前線の動きとは別の方向から、一群の作家たちが登場した。以下、お話しすることはぼくの胸のうちにあるもので、一般的なことではない。ですから、ノートにとらないでください。(笑)

文学の軌道が膨らむ

一九六九年に、野口冨士男が『暗い夜の私』という小説集を講談社から出した。ぼくはこれを大学の二年のときに買って読んだ。地味な作家です、戦前からの。なんて面白いんだと思った。「浮きつつ遠く」「その日私は」など七編の小説がすべて、自分の、あるいは周辺の人たちの同人雑誌のことや、戦争中あるいは戦前の文学者の動静をただ書くだけのものなんです。「え、こんな小説が可能なの」と思った。文学史の断面を小説にしている。そのあたりから始まって、この新潮社の書き下ろしのシリーズには登場しない人たちが、それも年齢が高い人が再登場する。戦前出身の文学者ですね。たとえば同じ一九六九年に、耕治人《こうはると》が浮上する。

二〇〇六年に「そうかもしれない」という雪村いづみ主演の映画がありましたが、その原作者です。「そうかもしれない」は老夫婦の日常と、その別れまでを描いた名編です。一九六九年、耕治人は『一條の光』（芳賀書店）という作品集を出します。これはいまは『一条の光・天井から降る哀しい音』（講談社文芸文庫・一九九一、特選復刊第六刷・二〇〇九）で読むことができて、評価が高いけれど、初刊の本は自費出版、五〇〇部。そのとき六二歳。戦前から九冊本を出したけれど、話題にならなくて。ぼくは大学一年のとき、中野区の野方四丁目に下宿していました。玄関先の四畳。四畳半ではないですよ、四畳。大家さんが「君ね、大学生だから教えてあげるね」って。「ここまっすぐ行くと、福原麟太郎の家があってね、それで、こっちへ行くと、耕治人がいる」。耕治人って言われてもわからない。行ってみたら、かまぼこ板みたいな木の表札に、手書きで「耕治人」。質素な暮らしという感じでした。

「一条の光」は、すばらしい作品です。

戦時中の話です。ある日、畳の上に、ごみが生まれる。このごみを通して、光がさーっとさした。それで、はっとする。ここは文章で表現しなければいけないのに、いま、形態模写。(笑)ぜひ現物にあたってください。一瞬、光がかけぬける。自分のなかに力がみなぎるのを感じる。不思議な情景ですが、「一条の光」は美しい。いい小説です。武者小路実篤よりもある面では、深いところに達したと思いますね。というのも、耕治人は、武者小路実篤がつくった「新しき村」に、中学生のときに訪問しているんですよ。「すいません、新しき村に入れてください」みたいに。武者小路実篤にも会えたのですが、「学校を卒業してから来なさい」なんて言われた。その男の子が、のちに「一条の光」を書く。

いまもっともシャープで活発な人がいますね、何でもできる高橋源一郎。(笑)評論もいい。冴えわたる。去年『大人にはわからない日本文学史』(岩波書店・二〇〇九、岩波現代文庫・二〇一三）という本を書いて、日本文学史の最後を、耕治人の作品で結んでいる。ぼくなんか三〇年以上も耕治人について書いて、いい原稿が書けないのに、高橋さんは、ぱーっと来て、いちばんいいところに行っちゃうって感じですね。ともかく耕治人の文学はいまも生きている。貧しく清楚に暮らして生涯を終えた人がいま、高橋源一郎の文学史の最終章で、生きている。すばらしいことですね。

戦前、芥川賞を受賞したあと、あまり活動がなかったが「季刊芸術」などに作品を発表して復活した中里恒子。その円熟の作『歌枕』が一九七三年。同じく戦前からの作家、檀一雄の『火宅の人』が一九七五年。一九七七年には田中小実昌の「ポロポロ」が文芸誌「海」に掲載された。ぼくはリアルタイムで読みました。舞台は戦争が始まった頃の、瀬戸内の軍港の町（呉市と思われる）。山の中の、誰も登ってこないような石段の上にある教会で、集まった信者がポロポロと言うの。つぶやくように祈禱する。ポロポロはどうも使徒パウロのことらしいんです。だからポロポロ。戦争ですから、キリスト教どころではない時代ですよ。そんなときにポロポロ。そのようすは、いまも心に残っています。田中小実昌は、よくテレビに出てましたよね。なんか、とぼけた感じで、面白い人でした。『ポロポロ』は谷崎賞を受賞。田中小実昌の純文学は存在感をましていった。

八木義德の『一枚の繪』と、広津桃子の『石蕗《つわ》の花』が一九八一年。そして川崎長太郎。

二〇年近く小屋暮らしをし、小田原の「だるま料理店」へ通いつづけた人ですね。山谷に暮らして特異な小説を書いた池田みち子。この二人も文芸誌にあらためて登場した。一九七七年には武田百合子の『富士日記』。ここだけの話ですが、夫の武田泰淳さんより文章はうまいんじゃないかと。（笑）いまも、みんながあこがれる。どうしてあんな文章が書けるのだろうと。

これらは一九六九年前後から、一九八〇年にかけての既成作家の動きです。あと島村利正『妙高の秋』（一九七九）、結城信一『石榴抄《せきりゅうしょう》』（一九八一）とか。つまりこの人たちには戦前に蓄えたものがある。戦後早々はうまく開花できなかった。新時代の波に乗るような文学ではなかった。何かちょっとちがった。そういうちがったものがですね、さきほどの書き下ろしのシリーズではみたされない一部の読者の心をみたしている。いいな、おとなの味だなと。この頃は作家の数が多い。村上龍、村上春樹の登場が七〇年代後半です。そうした前衛的な動きとは別のところで、私小説を中心とした、豊かな日本文学の流れが生まれている。これらの人たちは戦前と戦後をつなぐ大切な作家たちです。和田芳恵の『接木の台』（一九七四）『雪女』（一九七八）も話題になった。

こういった人たちが七〇年代のなかばから現れてくる。ぼくはリアルタイムで、三〇代で、いちばん感受性の強いときですね（笑）こうした作家たちの作品に出会った。一方に村上龍、村上春樹があり、でも一方にこうした、おとなの文学があって、並走する。文学の軌道がもっとも膨らんだ時期だと思います。さきほど述べたように、これは個人的なぼくの印象で、ぼくはどうも同世代が読むという新しい作家の本に、若いときから興味がない。そのあと、年をとってからもそれを見ずに通過しています。興味を感じないから振り返らない。ずっとそのまま行く。ただ単にそれだからこのように見てしまうということかと思いますので、あまり気にしないでください。

読書で見えなくなる

最近ぼくはあまり仕事をしていませんが、それでも新聞社からコメントを求められることがある。「○○さんの本がすごく売れています。どうしてでしょうか」と。売れているんだから売れているんでしょと言うしかない。「相田みつをさんの詩がすごく売れています。その理由を荒川さんとしてはどう考えますか」。それは、売れているんだから売れているんでしょ。特に答えなくていいような問題。でも売れているということに対して、新聞記者、編集者がよわくなっている。売れているとそれを話題にせざるを得なくなってしまう。こういう時代ですよ。そうするとですね、情報が、そういうものだけになっている。それで、いまだって、その軌道が膨らんだ時期の人たちにつながる、いい作家がきっといると思うんですよ。でもその人たちの仕事というのは遠ざけられちゃう。

これだけ情報が多いと、逆にわからなくなっちゃう。何を読んだらいいか、どこにどんな人がいるのかわからなくなる。そういう時代ですよね。新潮社の書き下ろしのシリーズのときには、ほんとうに純文学がまばゆく見えた。安部公房『砂の女』、遠藤周作『沈黙』とくればもう負けるものなしです。そういう感じで文学のイメージがつくられる。そのあとね、そこから先へひろがらないんですよ。そのときにはある程度、読むんです、そういうものを。量的にも豊かに。ところが読書というのは盛んになると、あまりいいことがない。読書はいいですよ、でもその読書にさえぎられて、他のものが見えなくなる。見えないまま読書がつづけられると、逆にだいじなものが見えなくなっちゃう。だから、きっといい活動をしている人がいるのだろうけれど、どこにいるんだろう、というようなことになる。

ということで、あら、速いですね、時間のたつのが。(笑) あと二五分で放免。大丈夫ですか、退屈していませんか。ともかく軌道が膨らんだ。しかしその膨らんだ時期に、とてもいいものがあったんだけれども、それをいま文庫などで読むのはとてもきつくなってきた。つまり売れないものに関して社会は冷たくなってきた。人はそれだけで判断しますからね。

たとえば詩に例をとると、数は少ないけれど、いい詩を書いている詩人がいる。でもその人の詩って、ほとんどの人は読むことがない。詩以外にも、そういうものはありますね。いま読まれていないもの、関心をひかないものは何か。それを考えれば、逆にこの時代がどんな時代なのかが見えてくる。何か不足だなと感じたとき、何かが足りないと感じたときは、いま読まれていないものに目を向けるといい。「読まれていないもの」のなかにあるものが、いまの人には欠けているものであり、だからいまはそれが必要なのだというふうに見ていくべきだと思います。

普通に見えるものも、少しは疑わなくてはならない。

横光利一は一九三五年（昭和一〇年）に「小説は文学ではない」と発言しました。広津和郎は直後に「「小説は文学ではない」について」（「文芸懇話会」一九三六年一月、『文学論』筑摩叢書・一九七五）を書き、そこで「散文芸術の中での最も代表的である小説が、幾多の形式に発展しようとしながら、ややもすると、詩の隣りの私小説に還元して行ってしまうのは、散文芸術の複雑な領域を基礎づける新しい美学が出来上らないためではないか」とし、「横光氏の「小説は文学ではない」は、小説は旧美学に当てはまらないという意味に取って、私には興味がある」と。

たしかに「小説は文学ではない」とは、ストレートな見方です。横光利一は「文学の神様」と言われた人ですが、小説を絶対視した人ではない。その作品には、通常の散文とは異なるものがある。お弟子さんたちの活動を見てもそれは明らかです。寺崎浩と菊岡久利《きくおかくり》は詩、小説、戯曲。池谷賞の石塚友二《いしづかともじ》と、芥川賞の二人、多田裕計と清水基吉は、小説と俳句。中里恒子、森敦は別として、横光門下で小説一筋というのは少ない。横光利一はジャンルにとらわれず多様な表現世界を生きようとした。だから「小説は文学ではない」ということばにも無理がない。いまは、小説しか文学ではないと見られる時代で、散文だけが視界にあるように思います。

昨日、NHKのテレビを見ていたらですね、学生がどんどん中退していく。中退の理由は、高校生のときは先生たちから、いろいろなことを言われるでしょう。大学に入ると誰も何も言ってくれないでしょう。これは、こうしなさいとか、あそこは走ってはいけませんとか言ってくれない。それで、不安なんだって。指示がないから。それで中退していく。一回でも休むと、学校が電話するんですよ。ある大学なんか「〇〇君、どうしたの、今日は」。(笑)「ね、ね、寝坊しちゃったの」。ぼくは、あの番組を見ていて、いったいこの世の中どうなっているんだと。(笑)指示待ち。人から言われないと生きていけない。

散文というのは全部説明するでしょう。頭のいい人たちが、三島由紀夫でも、太宰治でも、文章のじょうずな人たちが、凡庸な人間になり代わって、サリエリになり代わって、モーツァルトがすばらしい曲を書くわけでしょ。（笑）そして普通の人の目に見えないものを、どーんと見せてくれる。鋭い感覚で。吟味された、洗練されたことばで。人間の心も感覚もつくってくれる。育ててくれる。代わりにやってくれる、それが散文です。こちらは考えなくていい。

でも詩のことばというのは、それをどう解釈するかはこちらの自由です。想像力が必要になる。だから最初はわからない。しかしそれを心のなかにしみこませることによって、ものの見方がふえる。散文的なものではなくて、もっとちがった見方、感じ方もできるようになる。あるいはその方向を感じとれるようになる。普段とはちょっとずれた見方もできる。生きていくうえでの波長みたいなものも教えてくれる。だから詩歌も、だいじなんです。

でも、たしかにわからないのが詩歌です。たとえば「海に出て木枯帰るところなし」。山口誓子《やまぐちせいし》の名句です。木枯しが吹き荒れ、そのままの勢いで海上に出て、帰るところがないかのように、吹き荒れている。木枯しそのものが主語になっている。斬新ですね。「海に出て木枯帰るところなし」。これをこの間、学生に読ませたら、「海に、出て木枯、帰る、ところなし」。リズムがとれない。散文というのはですね、「私はここにいます」と書いてあると、ああ、そこにいますね、とだいたいわかる、てにをはが見える。詩歌は見えない。

人間の呼吸が見えないと、詩歌は読むことができない。電話してね、「どうしたの、風邪引いたの」（笑）という時代だから仕方がないけれど、詩歌が遠ざけられたために、ことばの波長をとらえられなくなる。そうすると他人の呼吸もわからなくなる。「愛されずして沖遠く泳ぐなり」藤田湘子《ふじたしょうし》。愛するということばは、扱いがむずかしい。ところが「愛されず」と否定形で来ると、不思議な力が生まれる。そういうところひとつも面白い。

先生に対する見方も、以前はちがった。内田百閒が、えー、大正一〇年に、昨日の夜、おぼえてきたんですよ。早く言ってしまわないと忘れてしまう。（笑）大正一〇年に、「山東京伝」を書く。山東京伝は江戸時代の戯作者ですね。二五〇〇字くらいの短い小説です。山・東京伝と読みたいですよね。いつも思う。（笑）主人公の「私」はどうも山東京伝の書生になったらしいのです。書生ですから玄関先にいる。山東京伝はですね、弟子のことなど目もくれない。「私」は障子の陰で、丸薬か何か、もんだりしている。ご飯の時間になる。山東京伝は、箸で何か食べている。それを遠くから見ていると、書生の「私」は、わあ、先生が食事をしている、こんな感じですよね。今度は汁を吸ってる。わ、吸ってる。「私はいよいよ、山東京伝を畏敬する心が募った」。（笑）ご飯を食べているだけで、もう箸を使うだけで、「きゃっきゃっ」と叫びたいほどにうれしい。先生のそばにいられる、先生をじかに見ることができる。胸がいっぱいなんです。あれでなくちゃいけないね。

いまは、大学の先生たちは大変ですよ。学生による授業評価というものがある。授業は計画通りに進んでいるか、理解できるように話しているか、内容はいいか、黒板の書き方は、などを学生たちが評価する。それが集計されて、あの先生はこういうところが悪いとかね。なんで先生が批評されなくちゃいけないの。（笑）先生なんか、どんな授業をしたっていいし、黙ってたっていいくらい。大学は基本的に学生が自分で勉強をするところだから。

山東京伝なんか、弟子のこと、無視。ただ、ご飯を食べている。それでも弟子は、あー、すごい。ご飯食べている、すごい。これでないと。（笑）ひどい授業でいい。もう、死にたくなるような授業ってあるでしょう。それでもいいんです。聞く人の問題だもん。つまらない授業でも、自分だったらこう教えるというふうに、こっそり考えていればいい。あらゆる項目で一〇〇点をとる授業ほど、つまらないものはないってことです。生きた授業をすることがいちばん。目に見えるもの、計量化されているものだけで、よしあしを判断する。これはもう、いまの読書にも言えることですね。

昭和の読書というのは、そういうことで言えば、読むか、読まないかということではない。必要なときには、こんな本がある、という状態にしていたということだと思います。明治・大正の頃はマスコミも発達していないから、単行本も個人全集も、なかなか出せなかったんですよね。出しても不十分なものだった。それでもつくった。昭和、特に戦後になると、文学全集の内容も豊かにはなったけれど、密度の高いものになったけれど、それでも読むか読まないかは別。読まなくても、そのような本が出されているということがとても重要なことだと思います。採算に合わなくても、出す。後世のためにも出しておきたい。そう考える人たちが大勢いた、ということを忘れたくない。

丹羽文雄に「仏の樹」(一九七五)という短編があります。『蕩児帰郷』(中央公論社・一九七九、中公文庫・一九八三)に入っています。作者自身と思われる紋多が主人公です。彼は三重・四日市の浄土真宗の寺を継がずに出奔し、作家となった。その紋多が僧侶の父を回想する。父は終戦の年に亡くなったので、親鸞の教えの見えにくいところ、仏教語の特別な、こまかい意味を知りたくても知らずに終わった。中村元《なかむらはじめ》の『仏教語大辞典』(一九七五)が刊行されたいま、彼はそれを父に代わって読むことができる。そのよろこびと、この本を「父に見せてやりたかった」という思いをつづる感動的な作品です。

この辞典に限らず、昭和という時代は、人々の心や知識欲をみたす本が、どの分野でも刊行された。一冊の本を求めながらそれを見ることなく終わった人たちのことを思うと、書物に恵まれた後代の人は、書物を大切にしなくてはならない。そう思わせる作品です。

「書く」人々

いまはもう、読むというよりも書くことに、人の関心がある。このところ、よく目にするのは自分史というものですね。自費出版の大ブーム。私は五〇年生きた、自分史を書きたいといったようなことです。自伝というのは、普通それだけの仕事をした人が書き残すもの。でも人のものを読むことがないので、私も書けるかな、書いていいと、なるんですね。ものを読まなくて、いきなり書き始める。

最近はブログもありますからね。みんな、もう作家気取りですよね。今日は、何時何分に起きた。ナントカを食べた。ナントカをした。ナントカナントカはナントカだ。すごいですよね、もう天下をとったみたいな。少し静かにしていてほしいみたいな。（笑）みんなきっとさびしいんですよ。情報を発信したい。でも情報はむやみに発信するものじゃないです、特に他人のプライベートなことは。この間、あるパーティーに行った。次の日に、たまたま郷里の人と電話したんですよ。荒川さん、昨日あそこのパーティーに出たでしょう。なんで知っているの。（笑）誰かのブログに書いてあったのですね。いまは何でも、ポーンと画面に出る。全国の人にわかる。なんとも怖ろしいこと。密告社会です。どこかの国を笑えない。ものを書くプロの人までシャラシャラとブログで書く。相手の迷惑は考えない。自分が書くんだ、文句があるかと。きちんと名前を書くならまだいいけど、多くは匿名だから、何を書かれても抗議できない。ブログは書いたら書いたまま。チェックも入らない無法地帯。書く人の天国。

従来は、表現するとなると、記者や編集者がいて、誤植があったら直す、言い回しをただす、いろんな注意と点検をへて、たしかなもの、まちがいのないもの、片寄りのないものにしてから世の中に出す。窮屈なところはあったし、特別な人だけが書くという空気があったので、たしかに問題はある。でもどうか。いまは書きっぱなし。自分が肥大化。「私を見て」って感じですね。私は、偉大。だから自分史もふえる。

ブログの日記は他人に見せる日記ですよね。自分では自分の正直な姿を書いているつもりでしょうけれど、それは幻想、思いこみでしょう。こういう自分を見てという意識があるかぎり、実はそこに書かれる自分も、自分ではない。それに気づかないまま、まるで自己表現をしていると錯覚する人も多い。自分の内部を表わした気持ちになって満足している。つまり、何もしていない。何もしていないことをつづけているということにもなる。そのような時間があるなら何か他のことをしたほうが、自分のためになるように思います。とはいえ読まずに、書くだけというのは、ぼくも同じですよ。

二日前、シェイクスピアの「ハムレット」を初めて読んだ。(笑) 子どものとき、「マクベス」もいっしょに載っていた子ども向けの本でしか知らなかった。びっくりしました。生きるべきか、死ぬべきか、それが問題だ、という有名なところ。To be, or not to be : that is the question. そして「尼寺へ行け」ってのも、あるでしょう。その二つのセリフがどこにあるのかなって思っていたら、すぐ近くに出てくるのですね。びっくりしたあ。つまり、ハムレットのいちばんだいじな二つの名セリフが、ページ数でいったら、四、五ページの間にあるの。あ、あまりみなさんびっくりしてませんね。（笑）みなさん、ひょっとしたら名作、読んでいますね。

うちのおばさんじゃないけれども、昭和の読書というのは、ある意味でかたちだけだったかもしれない。ところがですね、文学全集が家にあると、朝からちがいます。出かけるときに、漱石先生、行ってきます。芥川さん、行ってきます。芥川さん、三五で亡くなりましたね。ぼくは、いま六一です。（笑）まだ学生のときですが、そういえば赤い函の『島崎藤村集（二）』（一九六二）の平野謙の解説を読んでいて、おどろいたことがあります。

それは、昭和五年、僚友の田山花袋が亡くなるときのこと。ひとつ年下の島崎藤村が、田山花袋がいま死にそうなところへ見舞いに行って、田山花袋に、こう言ったんですよ。「死んでゆく気持はどんなか」。（笑）信じられない、すごい人です。死を前にした人に言うことばではない。人間的に、ちょっとこまった人です、島崎藤村っていう人は。その二年後、あの大作「夜明け前」の第一部が刊行される。

島崎藤村については、もうひとつあります。明治四一年の名作「春」。その最後のところ。北村透谷（作中では青木駿一）が、自殺します。主人公岸本捨吉も動揺し、東北の学校に赴任していく。そのときのことば。「あゝ、自分のやうなものでも、どうかして生きたい」。よく引用されることばです。

島崎藤村は、このあと、姪《めい》と関係し、肉欲におぼれ、めちゃくちゃですよね。そして「新生」という小説を現在進行形で書く。人間か君は、みたいなところまで行った人なんだけれど。それは別の話としても、大きな仕事、「夜明け前」という日本で初めての本格的な歴史小説を完成させた人です。いっぽうで「新生」を書く人でもあった。そういう人でもね、「自分のやうなものでも、どうかして生きたい」。いいことばですね。単純だが、しぼりだされるような強さと、同時によわさがある。みなさんのなかで、なんかあやしい人生を送っている人いますか。（笑）いいんですよ。「自分のやうなものでも、どうかして生きたい」。こういうことばがですね、やっぱり昭和の読書の世界に置かれていた。

さきほどの昭和五年の、「死んでゆく気持はどんなか」も、島崎藤村。明治の終わりの「自分のやうなものでも、どうかして生きたい」も島崎藤村。そう、これらは文学でしか書けないことばです。太宰治もそうでしょうね。あのような破滅型の人のどこに、人は何を学ぶのかと思うのだけれど、「ヴィヨンの妻」などを読むと、やっぱりいいかなあ、みたいな感じになる。（笑）文学がもっているもの、そこにたたえられているもの。読むか読まないかは別としてもです、そうした作品を、著作を、用意してくれたのが、ふた昔前に終わった、昭和の読書の姿だと思います。ということで時間が無事まいりました。みなさん、どうぞお元気で。どうもありがとうございました。

（二〇一〇年七月二六日／東京・よみうりホール）

高見順の時代をめぐって

こんにちは。今回、この「夏の文学教室」のテーマは「時代にみる文学」です。ぼくは、高見順について話してみたいと思います。

高見順（一九〇七―一九六五）の作品を読む人は少なくなったようです。文庫も五冊ほどになりました。いまは、高見順といえば『高見順日記』が一般にはもっとも知られる著作になっているようです。ロングセラーになりました。肝心の小説の方は「如何なる星の下に」と「いやな感じ」の二つが各社の文庫になって長く読まれていましたが、二〇一一年、「如何なる星の下に」が講談社文芸文庫に入りました。

最初の現代文学

高見順とはどんな作家か。『広辞苑』（第六版）を引きますと、辞書ですから、簡単ですけれどね、まず「高見」と出ます。姓氏の一つ、と。なるほど。そして「高見順」。〈小説家。本名、高間芳雄。福井県生れ。東大卒。転向文学から出発し、孤立した知識人の内面的な苦悩を描いた。小説「故旧忘れ得べき」「如何なる星の下に」「いやな感じ」、詩集「樹木派」など〉。

『岩波日本史辞典』ではどうでしょう。だいたい同じですが、〈転向後は(一九)三六年創刊の「人民文庫」に拠り、散文精神による批判的リアリズムを標榜して右翼的民族主義とファシズムの潮流に抵抗した。戦後はかずかずの病気と闘いつつスケールの大きい作品を生み出し、日本近代文学館の創立にも力を尽くした。代表作に「如何なる星の下に」「いやな感じ」等。また戦時中から死の直前まで書き継がれた日記も、昭和史の貴重な資料である〉。

高見順は「日本における最初の現代文学」の作家と目されていると、川端康成は書きました。そして何より「最後の文士」として知られています。でも高見順について知らない人もいまでは多いと思います。話しているぼくも知識も教養も低下しているわけです。同じく昭和一〇年代に登場した石川達三もだんだん読まれなくなるし、丹羽文雄も読まれなくなるし、伊藤整もいい仕事をいっぱいしているのに振り返る人は以前ほど多くない。「昭和一〇年代作家」について、研究者、批評家はともかく、一般の読者の興味はうすれているようです。

で、ぼくはこういう場合には人の力を借りるのが大好きでして、『広辞苑』『岩波日本史辞典』とかを読むと、勇気凜凜としてきますね。自分の力でしゃべるというのは何かこう、はしたない。（笑）人の力に頼りながら、やっていく。

ここに、ぼくが小学生のときに買った『学習必携 国語小事典』があります。大阪の新興出版社・啓林館という教科書の出版社から出たシリーズの一冊です。文庫判で三〇〇頁前後。他に地理とか理科とか数学とかの小事典もあります。この『国語小事典』は、受験参考書ではないけれど、中学生、高校生くらいが読んでちょうどよい内容のものです。日本語の文法とか文学史とかも記されています。作家別に、この人はこういう作家だよという一覧表も付いています。とてもためになる、でも受験参考書ではない。よくこういうものをつくったと思います。このことを以前、一五年くらい前に新聞にちょっと書いたら、九州の方から手紙をいただきました。この『国語小事典』は、関西大学の院生たちが中心になって編集したとのことです。

坪内逍遙、尾崎紅葉、森鷗外から現代まで、作家、詩人、歌人、俳人の一覧があり、代表作と生没年が書いてあります。そして大半は三五字前後で、作風をまとめているんです。「国木田独歩／早くより自然主義の傾向をおび現実の暗さを描いて透明な清澄な悲哀をもつ」。透明な清澄な悲哀、か。ぼくはたしか小学校六年だったのですが、これでことばをおぼえるわけですね。夏目漱石はどうか。「夏目漱石／暗い現実生活から超越し、第三者的な立場から眺め、人生の理想を描いた」。なるほど「人生の理想」だったのかと、もうどんどん感心しちゃう。「小林多喜二／貧しい人々への人道愛を基調として、構想雄大な古典的作品を残した」。明快ですね。「丹羽文雄／戦後は執ようなリアリズムの探究にすぐれた造型力を示している小説家」。「太宰治／客観描写のわくを破った独特の説話体や饒舌体によって才気を筆にのせた」。

では、高見順はどうなっているか。「高見順／繊鋭な都会人的気質を新しい散文の形式によって写し出した作家」。なるほど。みなさんわかりましたか。ぼくはわからないけれど。(笑) この「繊鋭」ということば、『広辞苑』にも載っていない。「繊鋭」ってなんだろうな。繊維の繊に、鋭いですからね。繊維がとがっているわけではないですね。『学研新漢和大字典』によると、ほそく鋭い、という意味です。

その隣りは、堀辰雄です。いま「風立ちぬ」が人気ですね。あの映画を見に行くと、やっぱり泣くことになるのでしょうか。「だあれが風を見たでしょう」、これ、予告編です、だいたいこんな感じです。「僕もあなたも見やしない／けれど木の葉をふるわせて／風は通り抜けてゆく／風よ翼をふるわせて／あなたのもとへ届きませ」。うわあ、みたいな。

泣いちゃう。六四歳が泣いてもしょうがないですね。(笑)「風立ちぬ」。「かつて日本で戦争があった」。もうこれだけで胸があつくなる。そしてまた松任谷由実の歌。もう音程がすれすれで、あぶないかなと思うような、あのぎりぎりのところで「ひこうき雲」など歌われたら、たまらないですよ。空に憧れて、空を……、何だったかな、かけてゆく、だったかな。その堀辰雄、四八歳でしたね、若くして亡くなった。堀辰雄はどうなっているか。「堀辰雄／古典的な伝統と西欧文学の知性を融和させ、清新で詩情味豊かな作品を書いた」。その通りですね。

実際に作品を読まなくても、こうした事典のことばだけでも、いろんな作者のことを、早くから知ることができる。その機会になる。イメージだけでも知ると知らないでは、おおちがいです。

いま一〇代向けのもので、こういうものはまずないと思います。しかも詩歌の人たちについてもきちんと書いてある。一般的な文学の教養、知識がこれで得られる。いまはおとなの文学辞典もない。『増補改訂 新潮日本文学辞典』(一九八八)のあと出てないんですからね。四半世紀、空白という事態。個々の作家は読むわけです。ある国際的作家のように、新刊が発売前から五〇万部売れることもある。(笑)個々の作家はわかっても、全体的な文学の風景を知る機会がない。小説の読者はいても、詩の読者は少しではあるがいても、短歌・俳句もいても、文学全体を見つめる「文学の読者」が存在しなくなってきた。それで、ちょっと知られていない作家や詩人の話をしにくくなった。個人の読書というものをしていくのがむずかしくなりましたね。国語辞典は、装いこそちがうものの同じようななかみのものがいっぱい出るけれど、ほんとうに必要なのは文学辞典ではないかと思います。簡単なものでいい。

話を戻します。この高見順の「繊鋭」さは、読んだ人にしか説明ができないし、もしかしたら読んだ人にもうまく説明できないかもしれない。

高見順の時代とは

「如何なる星の下に」は一九四〇年ですから、昭和一五年に本になった作品。戦争に向かう時代、ことばも人も動けない暗い時代。芸人たち、レヴューの踊り子たち、左翼くずれの青年たちが浅草で日々を過ごす。当時の日本の空気をとてもよく伝えています。

この時代は「高見順の時代」と言われます。これは中島健蔵のことばです。昭和一四年、「如何なる星の下に」が書かれているさなかに、まだ高見順の活動が四年くらいしかないときに、「高見順」という評論のなかで、「高見順の時代という時代があった」と書きました。没後も多くの人が引用したことばです。

「高見順の時代という時代があったといっても、けっして不当ではない。高見順の時代はたしかにあった」。「この時代は、別に高見順だけによって代表されているわけではない。しかし、今までの高見順について考える時、泣き笑いをかくしたような、とぼけたような、生《き》まじめなような、そして臆病なような、ふてくされたような、彼の白い顔の裏に流れている時代を思わずにはいられなかったのである」。さらにつづけます。「しかし高見順の時代は、本当に激しかった時代から少しずれているのである」。「こうして、高見順の時代は、次の、もう少し単純な時代からも、すこしずれているのである」。「少しずれ」、また「すこしずれ」。こまかい話ですけれど、微妙な時期の人間を、高見順は誰よりも鋭く「繊鋭」に表現したことになります。高見順は注目される新進作家のひとりでしたが、その才能はまぎれようもなかったとみえて、この発言の前、昭和一一年から一四年にかけて平野謙、青柳優、北原武夫らによる「高見順論」が多数発表されています。中島健蔵だけではなく当時の人たちは、これから先の文学を見るうえで誰を中心に見たらいいのかをいたって早い段階でつきとめ、語っていたことになります。また「〇〇の時代があった」は当時、新鮮な表現だったと思われます。個人の名前を入れた「〇〇の時代」は表現として先行していた。その意味でも名言です。

「『如何なる星の下に』に関する限り高見は天才だと思わなければならない」とは、角川文庫（一九五五）で同作品を解説した伊藤整のことばです。「この作品に使われている方法は、日本人の生活の現実に密着し得る、デリケートで、薄くて鋭い、ぺらぺらの剃刀《かみそり》の刃のような鋭いものである」。当時、高見順には「描写のうしろに寝てゐられない」という、これもよく知られた文章があります。普通の小説を書くことに耐えられない、だから作者がそこに顔を出して、どんどんしゃべっていく。作品という岩盤を打ち破って、作者がじかに顔をのぞかせる。これが高見順の饒舌体とされるもので、とにかくしゃべりつづける。長編「いやな感じ」（一九六三）には、こんな文章があります。照子という女性を訪ねる場面です。

「照子――いないでしょうか」

俺は「照子さん」と言いかけて、「さん」を省いていた。省いて、口ごもったその時間のなかに、俺は俺の感想をさしはさんでいた。文字で書くと「照子。バカな名をつけたものだ。いないでしょうか」と、こうなるのだ。

みなさんのなかに照子さんはいないでしょうか、大丈夫かな。（笑）つづけて、「女は裏口からの来訪者の俺などに目もくれず、ヨウジをくわえたままの口で」、ヨウジって私のことじゃないですよ。（笑）「「照ちゃん、誰か来たよ」と面倒臭そうに言った。「誰かしら」」。

こういう文体なんですね。一部を見るとぼくも書けるかなと、自分の名前もあるし。（笑）この省いている、口の中に普通だったら押し込めてしまうものを表に出してゆく。宇野浩二などもそうですが、特に高見順の文章は裏も表もどんどん出してくる。自分の文章がどこへ行くかわからない状態へ運んでいく。それは先が見えない不安の表示でもある。時代の空気、作家の苦渋がある。それが共感を呼んだ。「高見順の時代」が築かれたわけです。

「高見順の時代」は遠い話。いま、何の時代かご存じでしょうか。いまは「壇蜜の時代」ですね。（大笑）あの、色っぽい方ね。先日、ある会合に出て、壇蜜さんの話になった。最初は、みんな静か。そのうちに、「壇蜜は、いつ出てきたの」と聞いたら、「あの番組から出た」「去年の、あれからですよ」とか、おじさんたちが、われもわれもと話し始める。なんだ、みんな知っているんじゃないか。（笑）彼女は、面白いです。表現力がありますね。ラジオで、ある人が「お名前は、誰が考えたんですか」。すると彼女は、「おのれ」。（笑）映像で見るときだけでなくて、ラジオで聴いていても不思議な魅力があります。それでおじさんたちはよろこんじゃって、会議をしながら、壇蜜壇蜜壇蜜……。（笑）檀一雄じゃないですよ。壇蜜の時代。何年つづくかわからないです。でもひとつの時代をつくるのは大変な才能だと思います。

先年、ある出版社で高見順の文庫本を出すことになって、編集者が何か高見順の、いい短編はないかと一生懸命探したらしいです。そうしたら、「なかった」って。(笑) 長編では有名なのがあるけれど短編はない、と。超流行作家でしたから、戦後の。『高見順日記』を読むと、毎日毎日、ほんとうにすごいお客さん。次から次へ原稿依頼の編集者が来て。そういうなかで書きとばすというか。ところがそこは高見順ですから、いいものがあるんですよ。

「湯たんぽ雀」(一九三八)もそのひとつです。春になって、いらなくなった湯たんぽを縁側に出しておいたらチチチって鳴くっていうの。湯たんぽが、何かこう空気の加減でね。チチチって鳴く。そう夫が言ったら、妻が、口のところをきつく閉めると鳴かなくなるって。何か人を殺すみたいですが。(笑) すると夫は、ううん、「そのままにしとけよ」。チチチ。これが雀の鳴き声みたいでかわいいのです。もう少し聞いていたい、と。

この他愛ない小説のなかには、こんなこともあります。銭湯に行ったときのこと。流し場で歯磨きをしていたら、舌の奥を刺激したらしく、「ゲー」と喉を鳴らした。するとそれをぼんやり見ていたどこかの子どもも、つられて気持ち悪くなって「ゲー」。その「ゲー」っと言った子どもの姿こそ正しく自分たちの姿だと、きらりと頭にひらめいた。

どういうことかというと、この夫婦は喧嘩をしているんです。どうも友だちの夫婦の喧嘩の話を聞いて、それの影響があって自分たちもおかしくなった、リズムが壊れた。よその男の「ゲー」が伝染して子どもの「ゲー」。この関係を見て、そのことに気づいたと。そんな単純なこと、もっと早く気づいてほしいですね。(笑)他の人の「ゲー」で、こちらのことが見える。それは自分だ、自分たちだと。これが高見順の文学のひとつのポイントかもしれません。見たものについて「あれは自分の姿だ」という感じ方です。

「いやな感じ」にもあります。「俺はこのとき、血まみれのあの猫に俺自身を感じた。俺自身があの瀕死の猫にほかならないのだ」。イソダマという小さな巻き貝は「海のなかにひそんでいれば、そう簡単に取られはしないだろうに、子供にもすぐ取れる、取られやすいところにいる」。このイソダマも「自分の姿だ」になる気配なのです。何かを見て、その何かは「自分達の姿だ」「自分の姿だ」と感じとるのは、高見順の小説や詩ではとても普通のこと。対象への同化作用は自分と他人との距離や垣根をなくし、作品に不思議なひろがりを与えました。

詩にも多いのです。「心の渚に打ちあげられたもの/おゝ それは/私自身に他ならぬ」(「心の渚」)。「今朝は/アレチノギクのはびこった寂しい踏切に/ちんちんちんとベルがひとりでに鳴っていて／楽しかった」（「同じ道」）のベルも「自分の姿」かもしれない。すぐそこに「自分」を見るのは、文学的表現としては「おさない」印象を与える。「しろうとっぽさ」を感じさせもする。

でもそれが高見順の詩文の特色です。草花が、しおれたりしていると、「それは私だ」。ひよわなもの、力のないもの、よわっているもの、小さいもの。そういうものを見ると、それは自分だと思ってしまう。そういう同化の光景がとても多い。

文法で書く

高見順は、文章で書いているのではなく、文法で書いている。そんなところがあります。たとえば「波」という詩。「嵐が迫る　窓の中にも／そうだ　海は常に　嵐の中にいるのだ／人が常に　嵐の中にいるように∥おお　嵐に揺れる葉よ／常に苦しんでいる波よ」。とにかく、これでみんな苦しむことになる。「おお　人間の中にもある葉よ波よ／海を育てる者は波であるように／人間を育てる者は／人間の中の波なのだ」。もうちょっと下手に書くと相田みつをになります。（笑）波のなかにあるものは人間のなかにもある、自分のなかにもある、と置き換えるんですね。

ひとつのことに表現をずっとプラスしていって、世界を深めていくというやり方ではなくて、いま書いた文章の構成を変えていくということです。ひとつの文章を、横にひろげなおしているんですね。そういうコースで書く。つまり文章というものでは書かないんです。こういう文法的な書き方はめずらしい。高見順独自のものだと思います。加えていくのではない。組み替える。文型で書いていく。大きく言えば文法ですね。

もうひとつの基本型は「対照」語法です。「生命の悲しさが僕の心にひしひしと迫ってきた。それは生命の喜びとも通い合う悲しさであった」(「生命の樹」)。生命の「悲しさ」のあと、反射的に、生命の「喜び」という対極の感情が呼び出される。こうした「対照」は随所でみられます。「人間がそのなかで生きてきた歴史、人間がそのなかで生きている地理」(「わが胸の底のここには」)。歴史と地理の見事な定義です。「生きてきた」と「生きている」の対照。

「自分の姿だ」も「対照」も、広い意味での文法でしょう。自分の観察や心情を重ねて詩趣を高めていくという芸術的な姿勢とは別のもの。そのために詩なら詩についてまわる、変な匂いがない。文章ではなく、文法があるからだと思います。文章は個人の特別な能力によるものです。文法は特権的なものではない。誰もがさわれるし、使える。庶民的でフェアなものです。それは作者と読者がつながる場でもあります。

ぼくも詩を書いてますけれど、こう見えても詩はまあまあのものを書いているんですよ。

（笑）しかし美学がない。吉岡実とか鷲巣繁男《わしすしげお》とかね。すごい人がいた。美学というものがあって詩を書く。ぼくは美学がないので、ただ書いているだけです。で、高見順という人も、ある意味では美学がない人なんです。美学の人は縦に走っているんです。ですからかえってよわいところもある。横にひろげていって組み替えて、自分なりにやっていく人は、あまり意味のない破滅、混沌、苦悩、そういうところへ落ち込まないんです。高見順は出生時の事情もあり、そのあともいろんな苦しみがあった。文章でまで苦しむというのが嫌だったと思うんです。そういう意識もあって、この単純な世界を選ぼうとした。文法なら、世界が倍になる。ここがポイントです、今日の、お話の。自分の話に「お」をつけてしまいました。（笑）

「いやな感じ」の加柴四郎のセリフ。「死んだ過去に、僕の現実が生きている。と言うことは、生きた現実が思い出のなかにだけあって、今の現実は俺にとって、生きた現実ではないのである」。これは現実というものを考えたわけです。過去の思い出にリアリティーがあると。これもことばを入れ替えていくんですね。よく、街のあんちゃんみたいな人いるでしょう。酔っぱらったりすると、「人生はな、ふう、人間が生きるということだよ、お前」みたいなことを言う。そして、「人間が生きる、それがお前、ふう、人生なんだよ」みたいなことを言う。（笑）何だかわからないんだけれど、あれですよ。つまり文法的に、ことをなしていくと世界がひろがるんです。

井伏鱒二は、一九三七年の『厄除け詩集』（現在、講談社文芸文庫）で、于武陵《うぶりょう》の漢詩「勧酒」を訳しました。「酒を勧める」という詩です。「君に勧む　金屈卮《きんくつし》／満酌　辞するを須《もち》いず／花発《ひら》いて風雨多し／人生　別離足る」。ご存じのように、これを井伏鱒二は「コノサカヅキヲ受ケテクレ／ドウゾナミナミツガシテオクレ／ハナニアラシノタトヘモアルゾ／「サヨナラ」ダケガ人生ダ」。これも、あんちゃんの論理。（笑）

「人生足別離」は、人生は別れに満ちている、というほどの意味です。これを井伏鱒二は、人生は「さようなら」だけ、別れだけなのだと、大きく転換。この詩は様相を変え、人々の胸に強く響くことになりました。「「サヨナラ」ダケガ人生ダ」。すごいですね、これ。「サヨナラ」を先に出す。そこでぱっと世界が大きくなる。つまり文法というのは、機械的に人間の思考を展開してくれる。この力の応用なんですね。文章は、作者の感性や思考の光沢を示しますが、それ以上の範囲には及ばない。文法は、視界を大きくひろげる。文法を力にして人は少しだけ向こうに行くことになります。高見順は、そのことを文学表現の中心に置いた人です。

「いやな感じ」が文庫になったのは、一九七四年の角川文庫です。とても厚い文庫本でした。一〇〇〇枚の大作ですから。そのあと、一九八四年に文春文庫で出た。「生の燃焼を求めてアナーキストの群に投じた若きテロリストの凄絶な内面と行動の軌跡！　激動の昭和初期を背景にして〝今日の状況〟を予感した不滅の大長編」と、これは角川文庫の帯の文ですけれど。それこそ、ここに街のあんちゃん風の人がいっぱい出てくるわけです。

その人たちの会話には隠語がぞろぞろ出てきて、不思議な世界をかたちづくります。戦前の混沌とした世相、思想状況がいきいきと描き出されます。「この本について川端康成氏が先日、読み出したらやめられないほど面白かった、と語ったが、私も同じような気持で二日かかって読み終えた」と、これは伊藤整（「いやな感じ」書評）。三島由紀夫は「見事な文学作品」（「いやな、いやな、いい感じ」）。文芸時評で、平野謙は「なにを書こうとしたのか、よくわからぬままに、やはり私にはおもしろかった」。（大笑）

平地の人

その平野謙は、以前、『高見順自選小説集』（竹村書房・一九四一）の跋で、こんなことを書いています。「私は高見順の愛読者である。しかし率直に言つて、高見氏の制作を大芸術とか一流作品と思つてゐるわけではない。たとへば、一流作品なら必ずそなはつてゐる気品とか」、ゲーテですからね。（笑）「格調とか風韻といふやうなものが氏の作品には妙に脱落してゐる。その点では、志賀直哉でもいい、梶井基次郎でもいい、やはり私は彼らの文学を愛好するものである」。平野謙は、川端康成、中村眞一郎とともに、高見順文学の最大の理解者でしたけれどね。もっともよい読者がこう見ているんですから、面白いですね。「格調とか風韻といふやうなもの」が脱落しているのですから。でもこれは賛辞なんですね。

平野謙はこういうことを言っているんです。梶井基次郎のような芸術性はないし、志賀直哉のような文学的な世界もない。ひとことで言うと高見順は「平作者」である、と。平《ひら》社員とかの平ですね、みなさんのなかにはいないと思いますが。（笑）「平作者」であると。平人が住むところにいる。「平地」にいる。それが高見順の立つ場所なんだと思います。

『高見順日記』全八巻・九冊（勁草書房・一九六四―一九六六）は、その続編も含め、戦後の高見順の読者にもっとも親しまれた著作です。増刷がつづきました。特に『高見順日記』の本編、全八巻（九冊）を書架に置く人は多い。

高見順が熱心に日記をつけはじめるのは昭和一六年（一九四一年）一月。日本は戦争の時代のなかにあり、作家たちは自由にものを書くことができない。発表する場も制限されました。そんな状況下で、日記は、作品に代わって自分や社会を表現するものになりました。終戦の年、昭和二〇年（一九四五年）の一年分は、特に注目度が高く、たびたび各社の文庫になり、いまの『敗戦日記』（中公文庫）は抄録ですが、これだけでもう、とにかく読み出したらやめられないくらい面白いですね。文学は可能ではないけれど、日記ならば可能だ。可能の世界をこの世にとどめることができる。そこに高見順は希望を見ていたのだと思います。生活、世相をつづるだけではない。目と心がとらえる広い世界が鮮やかに映しだされています。高見順は日記でも新しい時代を開きました。

高見順は、詩も書きました。『死の淵より』（講談社・一九六四、講談社文芸文庫・二〇一三）は、いまも多くの読者の心をとらえていますが、没後見つかった詩のなかに「三十五歳の詩人」があります。『三十五歳の詩人』（中公文庫・一九七七）に収録されました。

詩人が私に向って嘆いて言うには
詩が失われたという　いまになって
詩を書きたく私はなった

夙に私は詩を愛していたが
詩が私のうちに失われた　いまになって
詩を書きたく私はなった

「詩を書きたく私はなった」。これは「私は詩を書きたくなった」でいいんですね。ところがここに文法的なスイッチがある。こまやかなんです。単純に見えてやはりここは「私は詩を書きたくなった」ではないんです。「詩を書きたく私はなった」。ここに表現の重みがある。

高見順には『昭和文学盛衰史』（文藝春秋新社・一九五八、角川文庫・一九六七、文春文庫・一九八七）があります。文学史を学ぶ人なら必ず開くことになる一冊です。そして『高見順日記』でしょう。「如何なる星の下に」「いやな感じ」。作品の幅がとても広い。このような作家、詩人はいまほとんどいないように思います。こういう多彩な文学作品に向き合うことのできる感性を、読者がもてなくなってきたからでしょう。

高見順は病床にあっても、池田克己という「日本未来派」の詩の仲間に連絡して、病床に現代の詩集をもってきてもらうんですね。「病臥中、詩人池田克己から古い詩集をいろいろ借りて読んでみた。現代詩に至る日本の詩の歩みを見たいと思つたのである。病気で他にすることがないからして、かなり広くかなり丁寧に読んでみたが、詩はやはりこつこつとよく歩いてゐると知らされた。苦しんでをり、闘つてゐる。時によろめいてをり、倒れてゐる。さうして進んでゐる。」（「私の見た現代詩」一九五〇）。

「「ユリイカ」の伊達得夫に会つて私が、何かめざましい詩集を読みたいが何かないかと問ふたら、吉岡実の「僧侶」をすすめられたのは、今年のはじめのことであつた」（「詩に関するメモ」一九五九）。詩集『僧侶』は一九五八年（昭和三三年）です。ちょっとそれを読みたいと。読んで、その感動を「詩に関するメモ」と題して「文學界」に発表する。詩壇の反応よりも早いくらいです。現代の詩の動きにつねに注意を払っていた。どんなものが書かれているのかということを知りたいのです。いまこういう意識をもっている小説家は高橋源一郎くらいじゃないでしょうか。あのにぎやかな人ね。（笑）他にはあまりいないですね。新しい詩がすぐわかる、高見順は。それは、自分が詩を書いているか書いていないかじゃないんですね。日記なんか見ますと、もうちょっとでも時間があれば現代美術の画廊なんかを見て回る。時代というものをつねに見張っている。ぼくの「壇蜜の時代」というのもそれ。（笑）そういうものを、何というのかな、広い意味でのアカデミズムとぼくは呼びたいですね。

アカデミズム

高見順は華やかな作家でしたが、ジャーナリズムの人ではなかった。アカデミズムの人だと思います。この「夏の文学教室」では連日、いろんな分野の方が話します。作家も、評論家も、詩人もいます。昨日なんか、この会場で聞いていましたら、川上未映子さんと蜂飼耳さん、若くて華やかな女性お二人が、ぱっぱっぱっと話してましたよ。(笑)詩を書く人もけっこうここに出ますでしょう。バランスをとっているんですね。この、よみうりホールにいっぱい人を入れようと思ったら、常識的には小説家だけにするでしょうね。やはりね。

でも地味だけれども詩も、短歌も、俳句もだいじ。いろんなジャンルがだいじなんです。いろんな世界が大切だ、という考え方はアカデミズムというんですよね。ある方が言っていましたが、山中伸弥教授の研究というのは日本でしっかりわかる人は五人くらいしかいないんじゃないかって。現代詩も、先端にいる人たちの詩は七、八人しか理解できないかもしれない、そういう世界です。そこで歴史をつくっていく。山中教授の研究もだいじ。ジャーナリズムは売れる売れないとか、人々の注目を引くとか、そういうことで区分けしていく。アカデミズムは人があんまり勉強しないようなもの、東アジア科学史とか、中世イベリア文学、低地ドイツ語とか、ぼくも授業を受けませんでしたがね、もう学科名を見ただけで「あ、すごいな」みたいな。(笑)遠ざけるものがあるでしょう。そういうのがどの世界にもあるわけです。

でもそれぞれが人間のためには必要だから、大学は学生が数人しか来なくても、その学問をつづけていますよね。高見順というのは、結局のところ芸術家の才能という面では、梶井基次郎とか志賀直哉とか、そういう人たちに比べると、美学がない「平地」の人だから、とびぬけて大きい存在ではないかもしれない。でもアカデミズムということで考えますと、これだけ広い範囲の多様な言語に興味をもって活動した人はあまりいない。広くかかわるという姿勢をいまの作家も、詩人もほとんど失いかけています。別のことばでいうと、公平感といいますか、とらわれなく、いろんなことに公平に接する意識ですね。現代詩はみんな知らないから、あれはいらない、ではないんです。萩原朔太郎から始まって、言語の実験をはじめ、いろんな意識的な活動が、誰も見ていないところでも進められてきた。それはどこかで散文表現を含めた文学全体にかかわるものです。いまという時代のなかで、いちばん注目しなければならないのは誰か、どんなことがらか、ということを中心に見ていく。それが伊藤整であり、高見順でした。「昭和一〇年代作家」の多くは、その関心をもちつづけたように思います。

高見順は、吉岡実について書いています。「この世界と私たちとの間には、現実的感情移入はもとより感性的理解は拒絶されてゐる。拒絶によつて、新たな関係が成立するのだ。その関係には、今までの詩の場合のやうな共感といふ形の媒介は通用しない。独自の世界の構造を持つた物体との対決だ。詩と私とのかうした関係は、かつて私の知らないものだつた」（「物体としての詩　吉岡実の作品」朝日新聞、一九六〇年一〇月二日）。みごとな見解であり、詩だけを読む人、小説だけを読む人にはとても書けない文章だと思います。ですから高見順の文学は、小説とか詩とか評論とか日記とか、そういう単元だけを見ていくと、その文学のもつ意味を見失うように思います。

少し別の方角から見てみます。週刊の書評紙「日本読書新聞」（一九三七―一九八四）は一九六〇年代、一九七〇年代、反体制運動の高潮期に部数を伸ばし、知識層や学生に読まれました。吉本隆明は何を考えているか、谷川雁《たにがわがん》は、廣松渉は、中村雄二郎はというふうに、紙面で読みとって、現在のこと、これからのことを考えるという、そういう空気もありました。その「日本読書新聞」が「ドミュニケーション」という特別号を隔月で出していた。通常号とは別に、です。「読書」の「ド」と、「コミュニケーション」の合成語と思われます。文京区水道にある編集部まで、ぼくはよく買いに行きました。地下鉄の江戸川橋駅から歩いて一〇分くらい。書店に出るのは翌日ですが、発売前日には刷り上がった新聞が編集部にある。

なぜそんなに急いだかというと、「ドミュニケーション」には、どんな小さな出版社の、たとえば詩歌の小さな個人出版社の本も〈新刊データ〉欄に掲載されるのです。無料で。誰々さんの何という詩集が、二〇〇部か三〇〇部か知らないけれど、これが近々出ますというデータ（著者、書名、発行所、定価または予価）が、岩波書店や講談社なんかと同列に並ぶ。

いま出た新刊ではなく、これから出るものが一覧できる。こういう欄はいま、どこにもない。新刊のリストを一部並べることはあっても、近刊情報まではない。あっても、いまはすべて広告というかたちになりますから。ぼくも小さな出版社をやっていて、はがきでデータを送ると、掲載される。うれしくてね。どんな詩集でも掲載される。晴れ舞台。いろんな本が載ります。数ページにわたって近刊情報が展開する。「個人全集」「文庫」「小説」「文芸評論」「海外文学」「詩集・短歌・俳句」「宗教・哲学」「政治学・政治思想」「思想・社会状況論・文化文明論」「歴史学・歴史よみもの・地理・地誌」「語学・言語学」「家庭・家事」「趣味・娯楽」「子どもの本」などの項目で、ずらり。あ、こんな本が近く出るんだということが、どこよりも早くわかるのです。とにかく知らせれば載せてくれる。どんなものも公平に扱うのです。こんな場所はいまないと思います。

その公平感につながってくるんです。それはひとりひとりの世界を大切にするということですね。いまはジャーナリズムに押されていく。個人の読書、自分のなかにある興味、そういったものを感じとる前に、情報が押し寄せてくる。それでもって押されつづけて、六〇歳、七〇歳くらいになってですね、お風呂にひとり入ったときに、自分の人生はあったかな、みたいなね。(笑) さびしいところに落ちていくんですよ。ぼくもそうだから。

（笑）ともかくそういう公平感というのが、近年失われたという感じがする。

地方にも、いい出版をつづけているところがたくさんある。たとえば、山本作兵衛の画集『筑豊炭坑絵巻』、このほど世界記憶遺産になりましたが、あの本は一九七三年、福岡の葦書房が出した本で、ぼくはそのときに買い求めました。渡辺京二『逝きし世の面影』（葦書房・一九九八、平凡社ライブラリー・二〇〇五）もそう。小さなところから出て、少しずつ読者をひろげていった。津軽書房の『葛西善蔵全集』全三巻・別巻一（小山内時雄編・一九七四―一九七五）も、地域の大きな仕事です。小さいところから始まる。そういうものを見逃さない。どれも大切に扱う。これが広い意味で、アカデミズムの精神ですね。

この「夏の文学教室」は今回で、第五〇回を迎えましたが、いまから二五、六年くらい前までは、講師は、いまとはかなりちがいます。今日、さきほど話された町田康さんとか、昨日楽しそうに話されていたあのお二人のような、流行作家的な人たちだけではなくて、ほとんどが国文学の人、学者の人だったの。だから話はつまらなかったと思いますよお。（大笑）でも、二階席まで一一〇〇人入った、連日。聞く人がとても多かった。いまは、お見かけするところ……。（笑）つまり、アカデミズムなんです、この講座もね。だから荒川さんの話はつまらないな、町田さんはやっぱりかっこよかったな、荒川さん変だったな、「ゲー」とか、何が「風立ちぬ」だ。（笑）でも、これがアカデミズムなのね。こういう人間もやっぱり見ておくという。いろんなのがありますから。

いまは失われている公平感といいますか、そういうものを先駆けてつくりだしたのが、大著『日本文壇史』全一八巻（講談社・一九五三―一九七三、現在、講談社文芸文庫）を書いた伊藤整であり、『昭和文学盛衰史』を書いた高見順だと思います。『昭和文学盛衰史』は、数えてみたら九五四人の作家が登場します。大正から昭和期までの文学史です。文庫は、最初に角川文庫、そのあと文春文庫。さきほどの「いやな感じ」と同じ流れですね。もはや古典といってよいもので、すみずみまで面白い。戦争と文学のかかわりも克明に、印象的に描かれています。この本によってぼくはたくさんの人、たくさんのことを知りました。

いまは新しい世代も古い世代の人も、他のことに興味がなくなっちゃった。毎日、松尾芭蕉みたいに、みんな携帯を見てますからね。（大笑）短冊もって、一句ひねるのかなと思うくらいに見てますね。心のなかでは、ほんとうのことを知りたいなあ、しっかり考えたいなあ、という気持ちはみんなあるんですよね。ところがあれこれに押し流されて、知りたい、勉強したいという気持ちになかなかなれない。

自己愛を超える

ものを知る、ということにふれている詩があります。飯島耕一の「ゴヤのファースト・ネームは」という長編詩で、詩集『ゴヤのファースト・ネームは』（青土社・一九七四）の表題作です。この詩集は多くの人に感動を与えました。いまは『飯島耕一・詩と散文3』（みすず書房・二〇〇〇）などに収録されています。

何にもつよい興味をもたないことは
不幸なことだ
ただ自らの内部を
眼を閉じて　のぞきこんでいる。

何にも興味をもたなかったきみが
ある日
ゴヤのファースト・ネームが知りたくて
隣の部屋まで駈けていた。

というフレーズから、第I連は始まります。そしてそのあと、第V連になって、いまでは有名な一節が登場します。

生きるとは
ゴヤのファースト・ネームを
知りたいと思うことだ。

飯島耕一は、神経の病いをわずらっていました。その「見ることを／拒否する病い」から、ようやく回復して、これまで通りに、目の前にあるものを、見られるようになった。ある日、ふと、画家のゴヤのファースト・ネームは何だったかなと思った。そして隣りの部屋の辞書を見に行くのです。この動き。これが、ものを知りたいというときの人の姿なんだと思います。知覚することのよろこびをうたったこの詩集は、多くの読者の心をとらえました。これと同じように、人はものを知りたいのです。それが生きていくことのしるし。でも自分のまわりにだけ目を向けている。

自己愛というものが多いと言われますが、ぼくは自己愛は大賛成で、ぼくなんか自己愛の塊みたいなものです。（笑）しかし自己愛にも、そのうち飽きてくる。自己愛というものをたどっていくと、おのずと時間を遡行することになる。じゃあ自分の父や母はどういう暮らしをおくったのだろう、「風立ちぬ」の時代に、「如何なる星の下に」の時代に。あるいはまた、自分の祖父や祖母はどうだったのか。昭和の歴史はどうだったのだろう、大正は、明治は。自分につながるものが地理的にも歴史的にも、どんどんひろがっていくはずなんです。ほんとうにそんなに自分が好きならね。自分が好きなら、その自分の原郷に、在所にどんどん興味がわくものです。大化改新だって、奈良時代だって、どんなに遠い時代だって、興味深いわけです。面白いなあって、ね。大河ドラマ「平清盛」を見ていて、画面が暗いとか、そういう否定をしない。（笑）あなたは、それで勉強しているんだから。自己愛の次元にいるのだから。

当時の武士と貴族のかかわりなんて、いままでの日本史では、ほとんど飛ばしたところ。それをＮＨＫが総力をあげてつくってくれたわけでしょう。ありがたや、ありがたやの世界ですよ。（笑）何でも自分とつながってきますよ。自分がほんとうに好きならね。ではアジアの人たちは、どうだったのか、というふうに世界へも関心が伸びていく。それが自然なことです。だからいまの自己中心、自己愛の人というのは、自己愛が過剰なのではなくて、自己愛が足りないんですよ。そこを知っておく必要がある。

高見順の『昭和文学盛衰史』は、どうしてここまで調べるんだろう、何でここまで興味をもって、そのとき以前の時代のなかへまで漕ぎ出ていくのだろうと。そこには戦争にいたる日本の動きも含めて、だいじなことがあり、それを戦後もしっかり見つめたいという人間としての強い興味があったのだと思います。伊藤整の『日本文壇史』も、対象は明治ですが、興味の基点は同じだと思います。

　こうした昭和期の文学者の仕事が、そのあとの時間のなかでいくらかずつ忘れ去られていくということはあります。これは何人かの作家だけではない。いずれは、すべては忘れられていきますからね。しかし興味というものを持続させていく。そこに「知る」ことの、人間として生きることのよろこびがあるわけです。

　最後に「如何なる星の下に」の一節を紹介してみます。浅草と吉原の光景です。物語が進行するあいまに、こんなくだりがあります。

> 　それは昼前の、巷《ちまた》全体がほッと一息ついているような静かな時刻、江戸町か角町かの通りであったが、その通りがこの広小路と同じように、片側にだけ陽を受けていた。夜は人々のぞめきでみたされるその通りも、その時はしんと静まりかえっていた。夜の印象と対比されるせいか、異様に冴えた静けさで、その静けさのせいか、道の片側を照

らしている陽の光も、清らかな、実にうららかな、そして恵み豊かな感じであった。

ふと書きつけた。そういうものです。この文章をじっと見ていると、ああ、高見順って文章がじょうずだな、いいところを見ているなと思います。「恵み豊かな」ということばがまたいいですね。こういうところに、あらためて感心している。「高見順の時代」ですね。いま私どもは「壇蜜の時代」ですが、ずいぶん遠くのほうにあるような気もします。でも、もし文学作品があとに残るとすれば、何々の時代というものではなくて、時刻かもしれないんですよね。

「昼前の、巷全体がほッと一息ついているような静かな時刻」。一一時四八分くらいですかね。（笑）たしかにそうですね、お昼の前というのはね、朝の活動が終わって、ほっと一息ついている。通りの片側に陽があたって。あ、こういう時間帯を描けるというのは、やっぱりすごいなあ、さすがだなあと。まあ、昭和期の文豪といってよい人ですからね。いいなと思います、あらためてね。時代が消えても、時刻は残る。そういうことかもしれません。

名作というのは忘れ去られていいものだと思うんです。忘れ去られるということも名作の大きな条件だと思いますよ。「如何なる星の下に」も、その意味では、静かに静かに幕を引いていくものかもしれません。しかし午前一一時四八分あたりに、ある日、歩いているときに、この文章の一節がふっと浮かぶということだけでも「恵み豊かな」ことかもしれない。

「高見順の時代」はないけれども、時刻がある。いまそこを通っている、いま自分の体がそこを通っている、こう感じることも、あっていいことだと。こういったことも含めて、高見順は、いろんなものを与えてくれる作家だなと思います。ありがとうございました。

（二〇一三年七月三一日／東京・よみうりホール）

山之口貘の詩を読んでいく

今日は、お暑いなか、ありがとうございます。この五日間ほど北陸の福井にいまして、何もない家で、本が少しだけある。そこで一週間後に迫った山之口貘《やまのくちばく》の話を考えていたのですけれど、やはり資料がないと浮かびませんね。戻ってから大急ぎで、特に昨日、暗記につとめました。だから早く話さないと忘れてしまうという状況にあります。早く話していきますが、メモはとらないでください。ときどきまちがえます。（笑）とにかく早く終わりたいなと思います。みなさんもそうだと思いますけれどね。暑いのに大変ですからね。「生活」から文学を語る」というテーマで、今日から六日間、いろんな作家の方たちが話します。ぼくは日本近代文学館の希望もあり、詩人の山之口貘について話すことにしました。

山之口貘。「やまのぐち」とする辞典もありますが、正しくは「やまのくち」と読むそうですね。本名は山口重三郎です。一九〇三年、沖縄に生まれ、一九六三年、五九歳で亡くなりました。この、よみうりホールの受付のところに、『永遠の詩3 山之口貘』（小学館・二〇一〇）という本が並んでいるそうです。そこには置いてないですが、他に代表作を集めた詩集には金子光晴編『世界の詩60 山之口貘詩集』（彌生書房・一九六八）、『現代詩文庫・山之口貘詩集』（思潮社・一九八八）、詩とエッセイを収めた『山之口貘詩文集』（講談社文芸文庫・一九九九）などがあり、『山之口貘詩文集』はぼくが解説を書いています。

座蒲団の詩

一九六〇年から六三年にかけて角川文庫で『現代詩人全集』が出ました。国木田独歩、島崎藤村から田村隆一、谷川俊太郎、寺山修司まで、全一〇巻。角川文庫で現代詩が読めたんですね。そのなかに、二〇七人の詩人の代表作が入っていました。ここにもってきたのは第六巻で、山之口貘の詩「座蒲団《ざぶとん》」も入っています。この詩を初めて知ったのは中学生のときですが、面白い詩だなと思いました。読んでみます。

土の上には床がある
床の上には畳がある

畳の上にあるのが座蒲団でその上にあるのが楽といふ
楽の上にはなんにもないのであらうか
どうぞおしきなさいとすすめられて
楽に坐つたさびしさよ
土の世界をはるかにみおろしてゐるやうに
住み馴れぬ世界がさびしいよ

沖縄から一〇代の終わりに上京して、関東大震災で一旦戻るのですが、また上京して、だいたい一五年くらい、住居というものをもたなかった。土管のなかで眠ったり、地面の上に寝たり、友人宅を泊まり歩いたり。沖縄の人に対しては、当時はいろんな差別もありました。そういうなかでとても苦労して、しかし詩を書きたい、その一念で生きていた山之口貘です。

ある日、先輩のうちに行ったときに、そこの奥さんから「山之口くん、どうぞ」という感じでしょうか、座蒲団をすすめられて、それがもうほんとうに久しぶりの座蒲団。ふわふわ、ふわふわ。すごい楽だっていう。そのときの気持ちです。「畳の上にあるのが座蒲団でその上にあるのが楽といふ」。座蒲団の上に坐ると心地よい。そこから下界を見下ろすという、そういう詩で、自分が座蒲団のような高いところにいると、いつもの「土の上」の暮らしとはあまりにちがうから、心もとなくなり、さびしい。そういう気持ちをうたったものですね。

山之口貘はデビューがおそい。最初の詩集は一九三八年（昭和一三年）の『思弁《しべん》の苑《その》』（むらさき出版部）。そして、新編の『山之口貘詩集』（山雅房・一九四〇）、『定本 山之口貘詩集』（原書房・一九五八）、これは第二回高村光太郎賞を受賞しましたが、そのあと『鮪に鰯』（原書房・一九六四）、この四冊しかなくて、しかも最後の一冊は没後に出ました。詩集らしい詩集というと最初の『思弁の苑』です。著者は三四歳でした。

このなかに「襤褸《ぼろ》は寝てゐる」という詩があります。中学のとき、ぼくはこの「襤褸」という字が読めないというだけで、その詩を読まなかった。ところが、あとから読んでみたら、これがとてもいい詩なのです。

襤褸とは、あの着古したぼろの服。「ぼろは着てても心は錦」といいますね。「襤褸は寝てゐる」は、ぼろを着た人間が寝ている、あるいは綿入れなんかの使いきった服から出るぼろそのものが寝ている、という意味にもとれますが、どちらにしても、日々の生活から生まれた詩です。「襤褸は寝てゐる」を読んでみます。

野良犬・野良猫・古下駄どもの
入れかはり立ちかはる
夜の底
まひるの空から舞ひ降りて
襤褸は寝てゐる
夜の底
見れば見るほどひろがるやうひらたくなつて地球を抱いてゐる
襤褸は寝てゐる
鼾が光る
うるさい光
眩しい鼾
やがてそこいらぢゆうに眼がひらく
小石・紙屑・吸殻たち・神や仏の紳士も起きあがる
襤褸は寝てゐる夜の底
空にはいつぱい浮世の花
大きな米粒ばかりの白い花

汚れのある、夜の底の世界なのに、ずいぶんきれいな詩です。しっかりした詩です。推敲の跡があるような。実際のところ山之口貘は一編の詩を仕上げるまでに、原稿用紙を二〇〇枚から三〇〇枚消費することもあったといいます。それでもなかなか完成しないという。で、反故《ほご》の山が築かれるわけです。襤褸が寝ている。あちこちに小石、紙屑《かみくず》、吸殻、いろいろなものがある。しかし夜の底に寝ていると、空を見あげていると、それらが舞いあがったのか、白い花に見える。無限の境地に入る感じですね。地べたでの暮らしですよ、でもそういうなかからじっと見ている、自分自身を見る、そこから光が見えてくる。ことばに張りがあり、それが最後まで保たれています。たしかにこれはよく推敲されているなと思います。

いろんな職業につきました。最初は書籍問屋、そのあとは、お灸屋、汲み取りの仕事など。ダルマ船にも乗った。にきびやそばかすの薬の販売の事務をやったり。それでなんとか生活して、それから一〇年ばかり、東京府の職業紹介所のようなところに就職したんですよ。職業紹介所に就職するってすごいですね。山之口貘自身が紹介されたいくらいですよね。相談に来た方には、親切だったと思いますよ。「ダルマ船にも乗りました」「そう、ぼくも乗ってたのよ」だったかも。親身になって相談に乗ったでしょうね。（笑）その後、著作に専念、詩を書いたり、エッセイを書いたりしますけれども、いずれにしても最後までずっとあまりお金のない暮らしで、新聞社に詩をもって行って、載せられないよと言われたり、いろんな辛い思いをしながら詩を書くということをつづけた人です。

詩というものを中心にして生活をするのは無理なので、普通は何かの仕事について詩を書くのですが、山之口貘には詩を書く人の誇りがあったのだと思います。

日本の詩のなかでどういう位置にあるかというと、詩人の金子光晴が、「日本のほんとうの詩は山之口君のやうな人達からはじまる」ということばを残しています。これは詩集『思辨の苑』の序文の題なんですが、詩集刊行の三年前に金子光晴が書いてくれた。さらにその二年前、詩集が出る五年前にですね、文豪、佐藤春夫が山之口貘の詩はよいという序文を、詩のかたちで書いている。二つ序文をもらったのですが、その二つの序文をずっと懐に抱えていた。いろんな事情で、詩集が出せなかった。さて最初はですね、金子光晴は「日本のほんとうの詩は山之口君からはじまる」だったそうです。「山之口君のやうな人達からはじまる」じゃなくて「山之口君からはじまる」。そうしたら、その序文をいただいた山之口貘は、「お手やわらかに」って言って、変えてもらったそうです。(笑)序文としてありがたいけれども、著者となる人は恐縮した。ちょっと恥ずかしかったのでしょうね。「お手やわらかに」とは面白いですね。それで「山之口君のやうな人達からはじまる」になった。金子光晴は「貘さんのこと」(『世界の詩60 山之口貘詩集』)という解説も書いています。その一節。

決してむずかしい詩ではなく、誰にでもわかるので人はうっかりしているが、貘さんは一つの題材を煎じつめて単純化し、一篇の詩を完成品にしなければ気のすまない、芸術派作家にもみないほど気むずかしいすいこうを重ねて、一般の眼にもなれなれしい彼独得の作品がそこに出来あがる。

「一般の眼にもなれなれしい彼独得の作品」という表現がいいですね。一般の眼にも「なれなれしい」。通常は「なれなれしい」というと、親しそうである、心やすそうであるという意味ですが、無遠慮であるという意味もある。どちらにしても普通はあまり、こういうところでは使わない言い方だと思いますが、でもこのように使うと、とてもリアリティーがある。「一般の眼にもなれなれしい」。ほんとうにそうですよね。平明な語だけで、これだけ深い世界を表わすという点では、日本の詩は山之口貘から始まるとみていいかもしれない。美学のある、特権的な詩を書く人は多い。そのなかで平明なのに深みへと誘う、そういう詩を切り開いた。

そんな山之口貘の詩のなかで最高の作品は「鼻のある結論」という詩だと思います。面白いけれど、何が書いてあるか最初はわかりづらい。これは、どうも、汲み取りの仕事をしているときのことらしいです。臭いがすごいでしょう、そういうなかで人間の鼻はほんとうによくがんばっていると。（笑）そういうことを書いた詩だと、ぼくはあとからわかった。さっと読むと何のことを言っているのかわからない。「鼻のある結論」の一節を読みます。

またある日
僕は文明をかなしんだ
詩人がどんなに詩人でも　未だに食はねば生きられないほどの
それは非文化的な文明だつた
だから僕なんかでも　詩人であるばかりではなくて汲取屋をも兼ねてゐた

最後の一節も、読んでみます。

鼻はもつともらしい物腰をして

生理の伝統をかむり
再び顔のまんなかに立ち上つてゐた

だからどんなに臭いが強くても、がんばるっていう、生きぬくっていう。そういうひとつの鼻というものを、こういうふうに描いたのだと思います。ただ素朴なことばを並べてゆくのではなく、構成がよく練られた作品です。段取りをきちんと考える。そういう書き方ですが、ことばひとつひとつの呼吸が生きている。いい詩だと思います。

遠い詩集

自分の詩集がなかなか出なくて、二人の序文をもらって、それからもだいぶたった。「むらさき」という国文学の雑誌があり、その版元の、むらさき出版部から最初の詩集『思辨の苑』が出る。これが山之口貘の代表的な詩集になるんですけれど、そのあと、こんな詩を書いています。題は「処女詩集」。一九五五年五月号の「小説新潮」に発表された短い詩です。

「思辨の苑」というのが

ぼくのはじめての詩集なのだ
その「思辨の苑」を出したとき
女房の前もかまわずに
こえはりあげて
ぼくは泣いたのだ
あれからすでに十五、六年も経ったろうか
このごろになってまたそろそろ
詩集を出したくなったと
女房に話しかけてみたところ
あのときのことをおぼえていやがって
詩集を出したら
また泣きなと来たのだ

いいですね。この前、兵庫県の議員で、泣いた人がいましたよね。(大笑) あれとはちょっとちがいます。「詩集を出したら／また泣きな」。いい奥さんですね。ほんとうに詩集を出したかったのね。ところがお金がない。でも出したかった。これはもう夢。最初は、画家をめざして上京しました。そのうちに詩に目覚めて、それでもう詩だなと切り替わってね。娘の山之口泉さんがまた文章がじょうずなんです。こんなふうに書いています。『現代詩文庫・山之口貘詩集』の解説として書かれたエッセイ「沖縄県と父・など」です。

家にはいっぱい詩集が届くんだって。ところが山之口貘さんは詩集がなかなか出せない人でしょう。だから亡くなってみてね、父を気の毒に思ったと。「四十年の詩人生活を通じて、出版された詩集は、たった三冊。それも、中身は、殆ど一冊の本と言って良いのである」。ところがですね、「遺された父の机の横には、〈謹呈〉〈贈呈〉〈呈上〉〈恵存〉などと誌《しる》された他人の詩集が、堆《うずたか》い山をなして溢《あふ》れるばかりに積まれていた。その中には、自他共に詩人と認める詩人の本、自だけが詩人と認める詩人の本、今から詩人になろうという卵詩人の本、もう一度読みたくなる本、記憶の端に印象の残る本、読むそばから忘れてしまいたくなる本」。（笑）というように、実にたくさんの本があると。「それらの本の群れに対した時、私がいつも感じたのは、みんな父よりずっと気軽に詩集を出しているんだなということだった」。なるほど。胸が痛い。（笑）そしてこう結びます。

父はそれらを黙って読み黙って横に積み重ねてゆき、批評めいたことはひとつも言わなかった。破綻続きの我が家の経済生活をこぼす母の口に蓋《ふた》をしたい時だけ、「詩集が出れば、何とかなるさ」と調子の良いことを言いはするけれど、実際には、自分の詩集を出し急ぐ様子も、全くなかった。あきれる程のマイ・ペースである。と、いうのも、父には、本を出すということについて、父なりの頑固な考えがあり、それを非常に大切にしていたからだと思う。父にとって、詩集を出すということは、何にも増して重要なことだったし、だからこそ、心から満足のゆく出し方ができるまで、どれくらい長くかかろうとも、粘り続けるつもりだったに違いないのである。その前に早い死が訪れようと、気に染まない本を出してしまうことに比べたら、何程のことがあろうか。と、今では私も考えている。

山之口貘の詩集の解説を書く人は、みんな尻込みするの。このお嬢さんが書くものに勝てない。(笑) だからちょっと書いても、これがいちばんになっちゃうの。父親のことを身内が書くのはむずかしいのですが、こういうふうな書き方があるんですね。

とにかくそんなわけで、山之口貘の詩集はなかなか出なかった。詩集は遠かった。当時は詩集を出すのに、いまのように簡単にいきません。いまはたしかに気軽につくりますが、以前は命がけなんです。詩集を出すと決めたら、思い切ってたくさんの詩を入れる。『思辨の苑』には五九編入っている。明治、大正、昭和の戦前までの名詩集のタイトルと収録編数を見てみます。無題の詩、編数として数えにくい形式などありますけれど、一定のルールを設けて、ぼくが『詩とことば』（岩波現代文庫・二〇一二）でつくったリストの一部を紹介します。

北原白秋『思ひ出』一九一一年（明治四四年）、一九〇編。すごいですね、北原白秋も。もうこれが最後と思っているんですね。命がけですね。以下、大正、昭和です。

高村光太郎『道程』一九一四年（大正三年）、あの有名な詩集、一〇七編です。多いですね。萩原朔太郎『月に吠える』（一九一七）、五四編。室生犀星『抒情小曲集』（一九一八）、九三編。山村暮鳥『雲』（一九二五）、一二三編。萩原恭次郎『死刑宣告』（一九二五）、八三編。本の美術面でも革新的な詩集ですね。昭和になると、安西冬衛《あんざいふゆえ》『軍艦茉莉』一九二九年（昭和四年）、「てふてふが一匹韃靼《だったん》海峡を渡って行つた」（「春」）の詩集ですね、これが八六編。『中野重治詩集』（ナウカ社版・一九三五）は「雨の降る品川駅」など、五五編。山之口貘『思辨の苑』（一九三八）、五九編、同年の中原中也『在りし日の歌』、五八編。

特に明治・大正期は、詩とは一般に漢詩のことと思われていたので、近代の詩を理解する人は少なかった。詩にかかわる人は将来が不安。自由詩を書いて、それなりにしあわせな人生を終えたという詩人の例もまだ見ていないのです。病気で早く亡くなる人も多かった。だから、このときとばかり、力をこめた。戦後、そして現在は、二〇編から三〇編の範囲が多いです。気軽に出せるから。またのときに書こうという気持ちもあるので、少ない。

とにかく山之口貘は、ひとことで言うと、詩というもののために一生を捧げた人です。他のことは思わないで、詩集のために生きた。詩集を出すことをずっと夢に見ていた、純粋な人ですね。だからどんなに貧乏でも、あれこれがうまく運ばなくても、詩を書くことだけは一生懸命やろうと生きてきた人です。こんな詩もあります。「生きる先々」。

僕には是非とも詩が要るのだ
かなしくなっても詩が要るし
さびしいときなど詩がないと
よけいにさびしくなるばかりだ
僕はいつでも詩が要るのだ
ひもじいときにも詩を書いたし
結婚したかったあのときにも
結婚したいという詩があった
結婚してからもいくつかの結婚に関する詩が出来た

おもえばこれも詩人の生活だ
ぼくの生きる先々には
詩の要るようなことばっかりで
女房までがそこにいて
すっかり詩の味おぼえたのか
このごろは酸っぱいものなどをこのんでたべたりして
僕にひとつの詩をねだるのだ
子供が出来たらまたひとつ
子供の出来た詩をひとつ

いい詩です。もう詩人て大変ですね。子どもが生まれたら、すぐ書く。何かあったら、また書く。面白いですね。奥さんのほうも詩の味がだんだんわかってきて「あなた子ども生まれたんだから、詩をひとつ書きなさい」みたいなね。すごいですね。機械みたいなものですね、詩人というのは。何かがあればすぐ書く。あなたは詩人なんだから詩を書くのでしょう。だから、何が起きても詩を書く。これですよね。

先日、福井に五日間いたときに、東尋坊《とうじんぼう》を見たことがないという人が、ある集まりのなかにいたから、ちょっと案内したんです。東尋坊の土産物屋の前を、さっとぼくが通ったら、五〇年配のご婦人が「あっ、荒川洋治さんじゃないですか」って言うから「そうですよ」って。あ、ぼくひょっとしたら有名かな、みたいな。(笑)そして「読んでますよ、詩」って言うの。読んでいるわけはないけれど、そう言われるとうれしいものですよね。ぼくは歩きながら「あ、そうですかあ」って、刑事コロンボみたいに手をあげて、通り過ぎる。(笑)帰りにもう一回通ったら、「荒川さん、今度、東尋坊の詩も書いて下さいね」。(大笑)これだ、と思った。そう、この状態ですよ。山之口貘は有名な人で、ぼくはこんなものですが、同じようなもの。

山之口貘の「子供が出来たらまたひとつ」は、「運動会があったらまたひとつ」「誕生日が来たらまたひとつ」ということでしょう。(笑)これは大変な話ですよ。こういう場合の詩人というのは、機械のように書いていかざるを得ないんですね。でもそれが何かよろこびでもある。そのよろこびがまわりの人にも伝わっている。とても小さな世界です。でも何かいいですね。「詩を書く」ということだけではなく、人生には何か知らないのにそれをしてしまう、それをつづけていくということがある。そうした、どこか神秘的な空気を抱えて人は生きていく。そういうところにもふれてくるような深い詩だと思います。

谷川俊太郎の『詩ってなんだろう』(筑摩書房・二〇〇一)は、とても楽しいアンソロジーです。わらべうた、いろはうた、から始まり、河井酔茗《かわいすいめい》、高村光太郎、草野心平、三好達治、まど・みちお、大関松三郎、山田今次《やまだいまじ》などの詩を紹介。山之口貘の「生きる先々」も選ばれています。この詩には、「詩をかきたいきもち、詩をよみたいきもちは、こころのいちばんふかいところから、わいてくる」ということばを添えています。そしてこの本の最後に、谷川俊太郎は、こんなふうに書いています。子どもも読めるように「詩」以外はひらがなです。

おどりだしたくなるような詩、じっとかんがえこんでしまうような詩、かなしくないのになみだがでてくる詩、さがしていたこたえが、みつかったようなきがする詩、つぎからつぎへとでてくるおいしいごちそうのようだね。そう、詩はわからなくても、たべもののようにあじわうことができるんだ。詩をよむと、こころがひろがる。詩をこえにだすと、からだがよろこぶ。うみややま、ゆうやけやほしぞら、詩はいいけしきのように、わたしたちにいきるちからをあたえてくれる、ふしぎなもの。詩ってなんだろう、というといかけにこたえたひとは、せかいじゅうにまだひとりもいない。

山之口貘の詩は、詩っていうものについての詩なんですよね。ひとつの中心が、そこにある。まさに谷川俊太郎の言う「詩ってなんだろう」ってことですよ。それに答えるかのように詩をずっと書きつづけた人ですね。「処女詩集」がそうだし、この「生きる先々」もそうです。不思議なものですね。機械のように書くときもあるし、心の内側から出てくるときも。これは何だろうって。

作家の野間宏は詩の理解も深い人で、詩人でもありました。『日本の詩歌20 中野重治・小野十三郎・高橋新吉・山之口貘』(中央公論社・一九六九、中公文庫・一九七五)の「詩人の肖像」の冒頭で、「詩は絶対の側から小説は具体物の側から発する言葉の運動」であると。たしかにそうかもしれません。詩って、いつも唐突に始まり、唐突に終わりますしね。具体物の感触を通らないで進行することも多い。他にもいろんな見方があります。

吉本隆明は、「詩学叙説」(『詩学叙説』思潮社・二〇〇六)のなかで、散文は「意味」、詩は「価値」だとしています。その見方で、以前から一連の詩論を提示してきました。「言語の〈意味〉よりも〈価値〉に重点を置いて描写されるものを「詩」と呼び、〈価値〉よりも〈意味〉伝達に重点が過剰に置かれた描写を散文と呼ぶというほかないとおもえる」。では「意味」と「価値」のちがいはというと、ぼくには十分に理解できないままなのですが、簡単に言うと、そこに、そのことばがあるという、そのことの価値で成立する、それが詩だということになるかと思います。「価値」は意味という次元から解放されて、意味だけを求めようとする人には見えがたい新しいものを創造し、増殖させていくことになります。詩と散文の区別を、構造や意識の問題ではなく、それらがどの場所に立つかで考えてみると、散文は「社会」に属し、詩は「個人」に属するという区別もあるとぼくは思うのです。無論それも一面です。

結局、谷川俊太郎が言うように、詩とは何かに答えることはできないのでしょう。たとえば人は自分の死を体験できない。どんなにあたまのよい人でも、死ぬということは語れません。世の中には他にも、わからないものが、それこそ襤褸のように、白い花のように漂っている。詩は、この世の中のわからないことをずっと抱えつづけるものだと思います。山之口貘が「またひとつ」「またひとつ」と書いていく道筋も、多分そこにつながるのでしょう。

二つの「利根川」

さて山之口貘には、こんな詩があります。「利根川」という詩です。戦時中、山之口貘は茨城にある奥さんの実家に疎開。昭和一九年から昭和二三年、終戦をはさんだ四年間、利根川を越えた茨城に東京から移って、そこで暮らしたのです。

このほど思潮社から二度目の全集となる『新編 山之口貘全集』の刊行が始まりました。

全四巻の全集ですが、その第一巻にはすべての詩が入っています。二八〇編くらいです。そのなかに「利根川」というタイトルの詩が二つあるのです。まず一編を読みます。

その流域は
すでに黄ばんでいた
水はだんだん
にごって来た
水はだんだん
盛りあがった
水は鉄橋とすれすれにながれた
人はまるで
わん公がするみたいに
土手のうえまでかけのぼり
水の様子を見ていたのだが
かけおりて来て
またかけのぼった

　この「利根川」は、一九四八年一〇月一九日の「夕刊 新大阪」に書かれたものです。その二年後、同じタイトルで、もうひとつ「利根川」という詩を発表しました。「佐賀新聞」一九五〇年八月一三日の紙面です。

水はすでにその流域の
田畑を犯して来たからなのであろう
あちらにかたまり
こちらにかたまりして
藁屑や塵芥がおしながされて来た
藁屑や塵芥にはおびただしいほどの
いなごの群がしがみついて来た
鉄橋はまるでその高さを失ってしまって
かれらの小さな三角頭でさえもが
いまにもあやうくぶつかりそうなのか
そこにさしかかっては

飛沫をあげるみたいに
いなごの群が一斉に舞いあがった。

この二つの「利根川」を見たとき、不思議な詩だなと。山之口貘の詩として、ちょっとかげがあるなと。何だろうこれはと、いろいろ考えました。ぼくの答は、山之口貘は、新しい世界を怖れているのだということです。

住みなれた東京、あるいは故郷の沖縄から遠い、まったく知らない茨城という、利根川をひとつ越えるだけで現れる、新しい未知の世界を怖がっている。怖がっているから、二回書いているのだと感じました。これだけ地べたで、ほこりやぼろといっしょにいた人でも、怖いものがある。それは新しい生活なんです。あの、利根川を越えて、そこへ行く。そこで見たものが、これまで見たものとは異質なもの、自分のなかで溶解できないものとして目に映る。そのために、こういう不吉な色合いの詩が書かれているのだと思います。ほこりやぼろといっしょだった人が、それには馴れている人が、押し流されてくる「藁屑や塵芥」に、おののく。そのあたりの風景をじっと見つめる。山之口貘は怖れているんです。地べたで毎日暮らしていたから、土管のなかで寝泊まりしていたから、何も怖いものはない、という人ではない。やっぱり詩人というのは怖がる人なんですよ。新しい生活、これまで見たことのないものに。

　山之口貘は詩を何回も推敲した。ぼくは山之口貘の詩を見ていて、そんなに推敲したかなあと思える詩もあるの、正直なところ。（笑）でも多くの詩に、その跡はあるんです。そこまで煮つめていくのはなぜか。怖いからです、詩を書くことが。詩を書くことは新しいものに会うこと、でくわすことです。詩を書くって、すごく怖いことなんです。それがどういうかたちのものになるかということがわからない、自分のなかでは。だから、わかったものをじょうずに仕上げようとして時間がかかっているのではない。わからないから、時間がかかるのです。この詩がどの方向に行くかわからない。つまり山之口貘の詩というのは、何かを書こうとした詩ではない。何かが書かれていくという状態を生きていくものなのだと思います。そこから生まれている。ここがぼくはとても大切なところだと思います。ほんとうの詩人というのは、ことばを使うことを怖いことだと思っている。その意識を手放すことはできない。二つの「利根川」を読むと、そんなことを感じます。

　ぼくも二度三度、利根川のあたりを通ったことがあります。利根川は、坂東太郎、坂東一の川って言われるくらいですから、大変長い距離を流れていて、知らない人は、大きな川だから、岸辺も見晴らしがよいと思っている。ところが利根川は向こう岸が見えないことが多い。

すべての岸がそうではないのですが、夏なんか草がはえるから、中洲が多いから、これが川ですかっていうくらい、見通しが悪い。対岸が見えない。もちろん山之口貘としては、そういう川そのもののおどろきもあったと思います。関西以西の人は東京までは認識できるんです。ところが関東については暗い。未知の世界なんです。関西の人は東京まで。東京の奥にあるものは、あまり知らない人が多い。利根川の橋を渡って、汽車で行けば、それだけのことだと思われるかもしれないけれども、そうではない。感覚的にもちがうものがある。そういう微妙なところに「利根川」の作者は反応している、奥さんの里なんだけど、ちょっとこれは何だろうっていう。この利根川の橋の向こうには、わずかだが知らない世界がある。その、わずかだが知らない世界に入るということに対する怯《おび》えですね。

詩は怖いもの。書くことも怖いこと。一編の詩を書くのに、人の何倍もの回数で推敲する。ときどき推敲の跡が感じられないものもありますが。（笑）しかしそういう努力に向かわせる、前傾の姿勢をとらせるものは、恐怖以外にない。畏怖することがなくて詩を書いている人というのは繊細だとはいえない。そういう人はいいものは書けない。

もうひとつは、山之口貘はことばが詰まると、いつもの自分の好きなことばをじょうずに使うということです。「地球」ということばです。さきほどの「襤褸は寝てゐる」にもありました。その「地球」ということばを使った、いい詩があります。「喪のある景色」

です。

うしろを振りむくと
親である
親のうしろがその親である
その親のそのまたうしろがまたその親の親であるといふやうに
親の親の親ばつかりが
むかしの奥へとつづいてゐる
まへを見ると
まへは子である
子のまへはその子である
その子のそのまたまへはそのまた子の子であるといふやうに
子の子の子の子の子ばつかりが
空の彼方へ消えいるやうに
未来の涯へとつづいてゐる
こんな景色のなかに

神のバトンが落ちてゐる
血に染まつた地球が落ちてゐる

「地球」ということばの位置も、使い方も、とてもいいと思います。「神のバトンが落ちてゐる／血に染まつた地球が落ちてゐる」。鋭いね。これは山之口貘でないと書けないものです。ところがです、「夜」という詩があります。同じように「地球」が出てくる。

僕は間借りをしたのである
僕の所へ遊びに来たまへと皆に言ふたのである
そのうちにゆくよと皆は言ふのであつたのである
何日経つてもそのうちにはならないのであらうか
僕も　僕を訪ねて来る者があるもんかとおもつてしまふのである
僕は人間ではないのであらうか

これ、すごいですね。友だちに、いつか来てねと言っても、なかなか来ない。「僕は人間ではないのであらうか」。ここまではいいんです。心を打ちます。その少しあとです。

大概の人生達が休憩してゐる真夜中である
僕は僕をかんじながら
下から照らしてゐる太陽をながめてゐるのである
とほい昼の街の風景が逆さに輝やいてゐるのをながめてゐるのである
まるい地球をながめてゐるのである

この最後の「まるい地球をながめてゐるのである」は蛇足。これ推敲してほしい。（笑）なぜこういう事態になったかというと、山之口貘はこの詩を固めるために、一定のことば、動かないことばが必要だった。怖い人だから、この世の中が。だから「地球」ということばをよく使った。たいていのときはうまく使っているのだけれど、うまくいかないときもある。で、このときもそれを使う。なぜか。重しにするからです。重しにする分だけ、重しにしているなってことがわかるだけ、この詩は失敗している。前半はすごくいい。よく友だちに、来て来てって言って、来てくれないと、さびしいですよね。「僕は人間ではないのであらうか」。すばらしいです、ここ。その先で「地球」はいらない、ちょっとね。（笑）でもこれは悪いことじゃない。こういう不安定な詩を書こうとする人なんですよ。

ただ単にどんどん推敲していくというだけの人ではない。しっかりと見えてくるまで書く人なのね。ところがそのとき、ときどき、重しをつけたくなるんです。そうすると詩がちょっと傾くんですね。

機関車の前で

今日は「生活」をめぐる話なのですが、山之口貘の詩に生活はあっても、詩人にとっての生活は何かという答はないんですね。それは詩とは何かに答がないように。ただ、いろいろな描き方をしていくなかで、生活することの面白さ、楽しさ、あるいは悲しさ、そういったものを感じていくという、それが詩ですからね。

二人の詩人の作品を比較してみます。山之口貘よりひとつ年上の中野重治に、「機関車」という詩があります。教科書に載っていますね。ぼくも中学のときだったか、読んで感動しました。漢字で書いた「機関車」です。『中野重治詩集』（一九三五）に収録。岩波文庫『中野重治詩集』で紹介します。

彼は巨大な図体《ずうたい》を持ち
黒い千貫の重量を持つ

これが書き出しです。ここからずっと機関車を描写していきます。後半から結びまで。

真鍮の文字板を掲げ
赤いランプを下げ
常に煙をくぐつて千人の生活を搬ぶもの
旗とシグナルとハンドルとによつて
輝く軌道の上を全き統制のうちに驀進するもの
その律気者の大男の後姿に
おれら今あつい手をあげる

おお、プロレタリアート、みたいな感じですね。すばらしい詩です。大好き、こういうの。ぼくも機関車に向かって、手をあげたくなる。さて、同じ中野重治には子ども向けの詩があります。「きかん車」（一九四六）という詩です。「機関」は、ひらがなで書いてあります。

きかん車
きかん車
くろい
強いきかん車

きかん車
きかん車
ひっぱる
押してゆくきかん車

きかん車
きかん車
トンネルへはいる
鉄橋へかかるきかん車

このようにして、ずっとつづきます。最後のところを読みます。

山へのぼるきかん車
山をくだるきかん車
雪ぐにから来たきかん車
あつい国へ行くきかん車

きかん車
きかん車
あおい旗
あかい旗
てんしや台
ふみきりのきかん車
きかん車
きかん車
カタン　タン

ま夜なかもはしるきかん車
大せつなきかん車

これが中野重治が書いた、子ども向けの詩です。では、山之口貘が子ども向けに書いた、すべて片仮名の「キカンシャ」(一九四七・タイトルのみ「ャ」は小文字)も読んでみますね。中野重治の「きかん車」の一年後に書かれたものです。

オトナノ
キカンシャ
オオキナ
オカオ　ダ
ハコニ
イツパイ
ミンナヲ　ノセテ
ツヨイ
チカラ　ダ

オトナノ
キカンシヤ
テツノ
オカオ　ダ
オオキナ
オカオ　ダ

これも面白い。中野重治のは、子ども向けといっても、すばらしい詩です。機関車っていろんなのがあるね、というところで世界をひろげてくれる。それに対し、山之口貘は機関車のすぐそばに立った少年の目線です。

「オオキナ／オカオ」。よく大きな顔して話をする人、いますよね、ぼくですかね。（笑）その感じも、この詩にはちょっとありますね。でも子どもが見る分には、機関車はやっぱり大きい顔ですよ。この詩は、機関車に近づいて、すぐそばで見あげている子どものようすです。「オオキナ／オカオ　ダ」。すごく接近している。ほぼ同世代の二人が書いた、機関車。比較してみると、山之口貘はより実感的である、ものの前に行っているという、そういう感じですね。その楽しさがあります。

いくつか詩を紹介しましたが、こういうなかから、山之口貘の目線というか生き方というか、そういうものが少しずつ見えてくるということなのですが。小説は読むけれど詩は読まないという人がほとんどかと思いますので、もう少し別の方向から、山之口貘の詩を振り返ってみます。

山之口貘の詩のなかには、塵《ちり》、埃《ほこり》、襤褸、こういったものがいっぱい出てきます。生活のなかでどうしても出てくるものですね。生活のなかで詩を編みあげた人ですから、当然のことにいろいろな風景のなかに、塵、ごみ、芥《あくた》が出る。ときには、とてもきれいな姿で現れて、これが下積みの世界にいた人かなと思えるほど、明るい世界にもなっている。それが生活の見方をあらためさせる。そういう一面もあります。

始まった場所

これは詩を書いている人のかなり多くが知っていることですが、萩原朔太郎が口語自由詩という、今日にいたる、柔らかいことばによる自由詩を完成させます。一九一七年（大正六年）、ちょうどロシア革命の年でしたね、詩集『月に吠える』です。ここからいまの詩が展開するわけですね。

しかし実はそれより前、明治四〇年に川路柳虹《かわじりゅうこう》（一八八八—一九五九）という詩人が、河井酔茗主宰の「詩人」に、「塵塚」という詩を発表します。これは口語自由詩のスタートを切った記念すべき詩です。この詩の冒頭です（ルビの一部を省略）。

隣の家の穀倉《こめぐら》の裏手に
臭い塵溜《はきだめ》が蒸されたにほひ、
塵塚《はきだめ》のうちにはこもる
いろ〳〵の芥《ごもく》の臭み、
梅雨晴れの夕《ゆふべ》をながれ漂つて
空はかつかと爛《たゞ》れてる。

塵溜がうたわれた詩です。これが、日本の口語自由詩の第一声となりました。日本の詩は塵溜、ごみ溜から始まったんですよね。（笑）ここはとてもだいじなところです。これまでの詩は文語、書きことばで書かれていました。気高いもの、美しいものを描くには文語がふさわしい、詩はそういうものだという観念にとらわれていたのでしょう。詩のことばをごく自然なもの、口語体に寄せ切るためには、少し汚れた世界をうたう。そうすれば無理なく口語自由詩になる、という意識もあったかもしれません。いずれにしても、ごみ溜から新しい詩が生まれた。

でも考えてみますと、はるか昔、鎌倉時代の古典「徒然草」にもこんなことが書いてありますね。小学館『日本の古典をよむ』第一四巻、永積安明の現代語訳で読んでみます。

七二段「賤しげなるもの」。いやしげなもの、下品な感じがするものは何か、いろいろ書いてありましてね。「植込みに石や草木がごてごてとたくさんあること」。「家の内に子や孫が大勢いること」。(笑)「人と対座して、口かずの多いこと」。これ、ぼくのことですかね。

「多くても見苦しくないのは、文車《ふぐるま》の上の書物、ごみ捨て場のごみ」。書物がいっぱいあることも全然見苦しくない。本とつながるその人の心が見えるからでしょう。ごみ捨て場にごみがいっぱいあっても見苦しくない。なぜか。人間の活動がすなおに示されているからです。活動がないと、ごみも出ない。

それで、ずっとたどっていきますと、高見順の戦前の名作『如何なる星の下に』(一九四〇)、現在は講談社文芸文庫にありますが、この最初の場面は、浅草のわびしい仕事部屋で、青年が空を見るのです。すると雁が飛んでいた。最初はそれが、ごみに見えるんですよね。ごみかな、それにしては大きいな、と。そのようなものがぼんやり見える、という光景から書き起こされています。「それは丁度滅多に掃除しない部屋をたまに掃除したりすると、黴菌みたいな形の、長い尻尾を生やした黒い埃がフワフワとそこらに飛び立って驚くことがあるものだが、まるでそんなようなヘンなゴミみたいなものが、盛り場から休みなく立ち上る埃で曇っているように見える向うの空に飛んでいるのが眼にとまった」。高見順は、饒舌体という新しい散文を始めた人ですね。そこにも埃や、ごみがありました。耕治人《こうはると》（一九〇六―一九八八）が一九六七年、「この道」に書いた「一条の光」（原題「一條の光」）。きれいに掃除をしたばかり。自分ひとりになったとき、部屋のなかにひとつ、「ゴミ」があった。見つめていると、その「ゴミ」を基点に一条の光がさっと走る。そのとき何か不思議な力がわく。何か忘れがたいものが体のなかに残る。軍需工場へ働きに出る。戦争末期ですね。「しかし私の心の中に起きたことは消えなかった。日が経つにつれ、ずっしり重さを増した」。どんなつらいときでもあの一瞬をもとにすれば生きていける。これもいま講談社文芸文庫で読むことができます。こうしてひとつひとつ文庫の名前を言うのも大変ですよねえ。（笑）ともかく、ごみ。ごみから始まる。

山之口貘の詩も、やはりそういうものですね。人は日々生きていくなかで、ごみをつくらないではいられない。ごみといっしょに生きるわけです。それが人間の活動です。そういうところに立つというのが、だいじなことなんですね。少し誇張して言えば、文学はひとつのエポックごとに、ごみが出てくるんです。芥川龍之介。じっと見ていると「あくた」がわ、でしょう。日本でいちばん知られている文学賞は何でしょうか。芥川賞。(笑)ま、これ以上は言いません。何げなく見ていますけれど、芥川というのは芥の川なんですよね。忘れていますよね、そんなこと。いまはもう、どこもかしこも、きれいにきれいにする社会でしょう。そういうなかで、ごみとか、埃、芥、糸くず、いろいろなものが生活のなかにあるっていうこと。人間のしるしであり、そういうものを醜いと思うときは、まあ家を片づけられない人はすぐに帰って片づけてほしいですよ。(笑)しかしどんなにごたごたしていても、やはり生活が基点になっているということですね。

そういうこともあって、日本文学における「ごみ史」ですね。(笑)塵溜から日本の詩は始まりました。「如何なる星の下に」「一条の光」、そしてそのずっとずっと前に「徒然草」、そして山之口貘と。いろいろな見方がありますが、こんなひとつのコースをたどりながら文学を見ていくのも楽しいことかもしれません。

最初に言いましたように、山之口貘は四冊の詩集しか残さなかった。一生懸命本人はとにかくよい詩集をつくろうつくろうとした。命がけで努力した。ところが、ここだけの話ですけれども、山之口貘の詩集四冊は、そのあとに出る文庫、全集は別にして(小声で)あんまり装幀がよくない。(笑)山之口貘の著作活動の後期は、「ユリイカ」(第一次・一九五六年創刊)「現代詩手帖」(一九五九年創刊)など現在もつづく日本の代表的な詩の雑誌ですね、それらが創刊して間もない頃です。そうした詩の雑誌は新しい詩人たちを重視しましたので、山之口貘は登場していない。山之口貘自身の判断もありますが、新作を書いていない。それがまずひとつ。そして編集者に恵まれなかった。「ユリイカ」の伊達得夫、「現代詩手帖」の小田久郎、こういう名編集者が詩と詩人たちを支えることになりますが、その場面とは少し別のところにいた人です。

もちろん同じ年の草野心平、同じ年配の三好達治、小野《おの》十三郎《とおざぶろう》、そういう人たちはいろんなところで書いていますけれども、そこまで有名ではなかったので、詩集を出すということがほんとうに大変でした。自分で編集してがんばったのだと思います。ただ、それだけに、印刷・製本などは、ちょっと知り合いのところに頼むというような感じだったので、装幀も、自分でもそう感じたと思いますが、ちょっとこう、みすぼらしいというか、ね、ちょっとこう地味というか、写真で見ても。

いまはとってもきれいな詩集です。さほどの内容をもたなくても（笑）みんながかるーく、かるーく、小説もそうですよ、出していく時代だけれども、山之口貘の詩集はそうではなかった。なかみはいいが、ちょっとやぼったい装幀。でもそのあと、全集や文庫になると、もうそんなことは全部消えちゃう。山之口貘の詩が、詩そのものが、それこそ白い花のように、空に舞いあがるわけです。そういう一瞬を、山之口貘は願っていたのだと思います。

詩のことばは、定型の短歌や俳句と比べると、決まったかたちがない。小説は散文というくらいですから、とりとめなく書けますね。詩のことばというのは、小説と、短歌や俳句の中間にありますから、どちらの方にも行けない。そこで悩みながら歩んでいくものです。とても不安要素が多い。寄る辺ないものなのです。そういうなかでことばに、ときどき「地球」という重しをつけたりしながら、工夫しながら、自分の世界を書いていった。人はいま、社会という定型につくこともできない、完全な個人にもなりきれない。その間のところで、さまよっています。詩のことばというのは、小説とか短歌や俳句よりも、はるかにいまの人の身近にあるものです。支えてくれるものなんです、実は。悩んでいるわけですから。不安なわけですから。そういう詩の歩みというのでしょうか、いとなみというのでしょうか、それを山之口貘はとてもすこやかな、美しいかたちで示してくれたのだとぼくは思います。ですから「日本のほんとうの詩は山之口君からはじまる」という金子光晴の最初のことばは、まちがってはいないのかもしれない。

今回の『新編 山之口貘全集』刊行に寄せて、井坂洋子は、「日本が世界に誇れる詩人なのである」と述べています。「世界に誇れる詩人」。たしかに、そうかもしれません。もちろん日本には優秀な人たち、山之口貘よりももっと仕事量が多く、個性的な世界観をもつ人や魅力をそなえた人はいっぱいいます。でも山之口貘でなければ書けない詩を、山之口貘は書くことができた。五九年の生涯は短いものかもしれませんが、ひとりの詩人としての生涯を全うした。詩への情熱をつらぬいた人だと思います。みなさんも何かのときに、山之口貘の詩を見かけましたら、あ、「またひとつ」の人だな、でもよいですから思い出してください。今日は最後までお聴きいただき、ありがとうございました。

（二〇一四年七月二八日／東京・よみうりホール）

II

名作・あの町この町

こんにちは。聴講希望者が多く、みなさんは二・六倍以上の倍率を通過されたそうで、おめでとうございます。村上春樹になった気分です。（笑）

ここ、北区田端は、芥川龍之介（一八九二―一九二七）が暮らした終焉の地。板谷波山《いたやはざん》、小杉放庵などの芸術家が、ちょうどこの先の上野に東京美術学校（明治二二年開校）、いまの東京芸術大学ができたあたりから、田端に住み始めました。田端文士村記念館のなかにある地図をご覧になると、たくさんの方が暮らしていたことがわかります。室生犀星、萩原朔太郎、平塚らいてう、菊池寛、堀辰雄、佐多稲子、野口雨情、竹久夢二、村山槐多など。ただ昭和二〇年四月の空襲で、田端は壊滅的な被害を受けました。往時をしのぶ何かの跡もないのです。でも何もないところで想像するのも意味のあることです。

大学で東京に出て来たぼくが最初に行った文学散歩は、埼玉県飯能市でした。『定本 岩魚』の詩人蔵原伸二郎が住んでいたあたりを町名、番地をもとに歩いたが見つからない。河原があって、この辺かなというところで帰りました。

詩人といえば、これは神奈川県ですが、茅ヶ崎市の南湖院《なんこいん》の跡地を訪ねたことがあります。国木田独歩（一八七一―一九〇八）が亡くなったところです。

茅ヶ崎駅から海のほうに向かってまっすぐ歩く。二〇分くらい行くと、南湖院の跡地があります。海辺に近いところです。独歩は肺結核で、その療養所にいたんです。東洋一のサナトリウムと言われた南湖院。明治三二年に建てられたんですが、東洋一ですから、肺の病気になると、みなさんそこへ行く。国木田独歩はそこで亡くなりました。三六歳でした。

ここで亡くなった人は多くて、大手拓次（一八八七―一九三四）もそうです。北原白秋門下の三羽烏（他に室生犀星、萩原朔太郎）のひとり。大正期に活躍した繊細な詩人です。上州、群馬県に信越本線の磯部駅があります。そこにある磯部温泉は、温泉の記号が誕生したところ。江戸時代の初め、一六六一年。温泉マーク発祥の地です。

大手拓次は、その磯部温泉で生まれました。祖父は磯部温泉の開拓者で、旅館業。敷地も広い。大手拓次は、早稲田を出ても就職口がないので、磯部の家に帰ってきたら、うちの敷地に、ライオン歯磨の炭酸カルシウム磯部工場があると言われた。我が家のなかに工場がある。（笑）そこに勤めることに。東京のライオン歯磨本舗広告部の忠実な一社員になります。香水の研究をしたり、宣伝文を書いた。コピーライターの草分けのひとりではないかとされています。原詩からボードレールなども訳した優秀な人で、日本の象徴詩のさきがけとなりました。眼疾で入院したとき、看護婦のことを好きになります。でも片思い。あこがれるだけ。ライオン歯磨児童歯科院の新人女性も好きになる。のちの女優、山《やま》本安英《もとやすえ》です。こちらも思慕するだけ。木下順二「夕鶴」（一九四九）の「つう」を演じた人ですね。大手拓次はときどき女湯を覗いて、女性のからだを観察しています。

南湖院で、親しい人にも知られずに亡くなります。四六歳でした。最後はひとりの看護婦さんが付き添っていたそうです。生前は一冊の詩集も出せませんでしたが、現在は、岩波文庫『大手拓次詩集』（一九九一）があります。南湖院は他にも、「南小泉村」（長塚節「土」に先行する農民文学）を書いた真山青果も入院していたし、平塚らいてうのお姉さんも治療を受けています。詩人の八木重吉、「大菩薩峠」の中里介山も一時期いました。

初めての人

磯部駅の隣りに、安中駅があります（どちらも安中市域）。この安中にも個性的な人が生まれています。湯浅半月（一八五八―一九四三）です。明治一八年、近代詩史上最初の個人詩集を出した人です。生きている間に、歌集や詩集を出すのは、畏れ多いとされていた時代です。ぼくなんて、もう一冊も出してしまいました。（笑）湯浅半月は、同じ安中生まれの新島襄を慕って、同志社英学校（同志社大学の前身）の神学科に入る。二七歳のとき卒業。卒業式のとき、旧約聖書（当時まだ翻訳が出ていなかった）を素材にした自作の宗教詩を朗読、先生たちもびっくりしたそうです。同年、ヘブライ語の勉強のためアメリカに留学することに。横浜港から船が出るというときに、有名な宗教家、植村正久が、できたばかりの湯浅半月の詩集『十二の石塚』五〇冊と、葡萄ひと籠を渡した。いまならメロンでしょうか。（笑）自分の詩集を受けとった湯浅半月はよろこびのあまり、「大空を行く船」にある身、と語っています。

その一二年後、明治三〇年に島崎藤村の詩集『若菜集』が出て、日本の近代詩が本格的なスタートを切るのですが、その前に、まだ近代の詩としては未熟な内容ではあったけれど、安中の青年の詩集があったのです。湯浅半月は、日本初のヘブライ語学者に。帰国後、同志社の教授。また近代図書館学を学び、図書分類法の基礎をつくりました。最初の個人詩集、最初のヘブライ語学者、そして図書分類と、三つの「最初」にかかわった人ですね。なお『十二の石塚』の奥付では、著作兼出版人は本名の湯浅吉郎（上野国碓氷郡安中駅五百三十番地住）となっています。古い時代に、新しい詩集が出たことになります。

それではと、ぼくは高崎から安中へ向かいました。安中駅から南の方を見ると、丘の斜面に、ものすごい煙を吐く大きな工場が並んでいる。ちょっと怖いような風景。ほとんど詩情らしきものはないんですが（笑）その先には妙義山という、奇異なかたちの、とがった山。

阿部昭（一九三四―一九八九）が、「明治四十二年夏」（一九七一）という作品を書いています。妙義山周辺が舞台です。『大いなる日・司令の休暇』（講談社文芸文庫）に収録されました。現在は、『昭和の名短篇』（中公文庫）でも読むことができます。あの妙義山の何とも言えないかたち。ぼくは中学だったか高校のときか、東京からの帰りに見たとき、何だろうと思いました。一一〇四メートルという高さなんですが、溶岩が突出。霊気がありますね。「明治四十二年夏」は、東京の中学生四人が、夏休みに妙義山、浅間山、榛名山へ旅行した話です。ひとりは阿部昭の父で、のちに海軍軍人になる人。無銭旅行に近い。お金がないの。苦心、苦労つづきでも、とても愉快な旅だったらしいです、珍道中で。父の死後、そのときのひとりから、あのときのことがなつかしいと、息子に手紙が来る。「その昔の楽しく、又苦心し、血路を開いた思ひでを新たにいたしました」。

敗戦後、あまりものを語らないで、ふぬけたように暮らして亡くなった父。でもその子、阿部昭は父の若き日の旅を想像し、ひとつひとつ組み立てるようにして、「明治四十二年夏」を書きます。さわやかな、感動的な作品です。湯浅半月が安中、大手拓次は磯部。明治四二年には、大手拓次は二〇代、学生の頃でしょうか、その頃の父の旅を、阿部昭が追想した。

さて、ここで、リストを配布したいと思います。北海道から九州・沖縄までですが、話はあちらこちらに飛びます。ですからリストはぼんやり見ていてください。

〔**●リストについて**――各地を舞台にした名作から選んだ。作品の舞台で分けたが作者の郷里にしたものもある。作品単位なので、作品名は「　」に。リストのあとの本文ではこの原則を外し、書名には『　』を付す。つづけて、発表の年、もしくは刊行の年。短歌、俳句は年代を確定できないものもあるので、収録歌集・句集の刊行年をもとに、おおよその時期に組みいれた。その次に現在収録の文庫など、主な再刊のデータを記載。文庫の書名は、省略したものもある。品切・重版未定のものを含める。その後刊行された本の一部を追加した。本書の他の章でふれた作品の紹介は原則としてここでは除外した。〕

〔北海道〕

岩野泡鳴「憑き物」一九一八年／新潮文庫『泡鳴五部作』

中戸川吉二「滅び行く人」一九二六年／ＥＤＩ叢書『中戸川吉二　三篇』

長見義三「色丹島記」生前未発表／新宿書房
伊藤　整「若い詩人の肖像」一九五五年／講談社文芸文庫、小学館
和田芳恵「雪　女」一九七七年／講談社文芸文庫、ポプラ社『百年文庫27　店』
深沢七郎「和人のユーカラ」一九八〇年／中公文庫『みちのくの人形たち』

〔東　北〕
真山青果「南小泉村」一九〇七年／岩波文庫
太宰　治「津　軽」一九四四年／岩波文庫、角川文庫、ちくま文庫ほか
横光利一「夜の靴」一九四七年／講談社文芸文庫『夜の靴・微笑』
寺山修司「海を知らぬ少女の前に麦藁帽のわれは両手をひろげていたり」
真壁　仁編「詩の中にめざめる日本」一九六六年／岩波新書

〔関　東〕
田山花袋「田舎教師」一九〇九年／新潮文庫、岩波文庫
芥川龍之介「蜜　柑」一九一九年／角川文庫、ちくま文庫ほか
葛西善蔵「おせい」一九二三年／講談社文芸文庫『贋物・父の葬式』

金子兜太「曼珠沙華どれも腹出し秩父の子」
藤田湘子「愛されずして沖遠く泳ぐなり」
阿部　昭「明治四十二年夏」一九七一年／中公文庫『昭和の名短篇』
宮内寒彌「七里ヶ浜」一九七七年／新潮社

〔東　京〕

尾崎　翠「第七官界彷徨」一九三一年／河出文庫、岩波文庫
阿部知二「冬の宿」一九三六年／講談社文芸文庫
北條民雄「いのちの初夜」一九三六年／角川文庫、岩波文庫『北條民雄集』
高見　順「如何なる星の下に」一九四〇年／講談社文芸文庫
石田波郷「朝顔の紺のかなたの月日かな」
小山　清「落穂拾ひ」一九五二年／新潮文庫、ちくま文庫、講談社文芸文庫
三島由紀夫「橋づくし」一九五六年／中公文庫『昭和の名短篇』
佐多稲子「水」一九六二年／中公文庫『昭和の名短篇』、ちくま文庫『キャラメル工場から』
葛原妙子「他界より眺めてあらばしづかなる的となるべきゆふぐれの水」

村上春樹「かえるくん、東京を救う」一九九九年／新潮文庫『神の子どもたちはみな踊る』

〔中　部〕

中　勘助「島　守」一九二四年／岩波文庫『犬 他一篇』
島崎藤村「夜明け前」一九二九年連載開始／岩波文庫（全四巻）
中野重治「汽車の罐焚き」一九四〇年／角川文庫、講談社文芸文庫
飯田龍太「紺絣春月重く出でしかな」
沢木欣一「塩田に百日筋目つけ通し」
深沢七郎「庶民烈伝」一九七〇年／中公文庫
武田百合子「富士日記」一九七七年／中公文庫『新版 富士日記』（全三巻）

〔近　畿〕

梶井基次郎「城のある町にて」一九二五年／角川文庫、岩波文庫ほか
小野十三郎「大　阪」一九三九年／思潮社『現代詩文庫・小野十三郎詩集』
丹羽文雄「青　麦」一九五三年／角川文庫、新潮文庫

椎名麟三「美しい女」一九五五年／講談社文芸文庫
井上　靖「補陀落渡海記」一九六一年／講談社文芸文庫
河野裕子「たっぷりと真水を抱きてしづもれる昏き器を近江と言へり」

〔中　国〕
国木田独歩「馬上の友」一九〇三年／岩波文庫『運命』
正宗白鳥「入江のほとり」一九一五年／岩波文庫、講談社文芸文庫
石川達三「交通機関に就いての私見」一九三九年／集英社『日本文学全集64』
田畑修一郎「医師高間房一氏」一九四一年／冬夏書房『田畑修一郎全集2』
中野重治「萩のもんかきや」一九五六年／中公文庫『歌のわかれ・五勺の酒』、中公文庫『昭和の名短篇』
田中小実昌「ポロポロ」一九七七年／河出文庫、中公文庫『昭和の名短篇』

〔四　国〕
芝不器男「大年やおのづからなる梁響」
高浜虚子「ふるさとの月の港をよぎるのみ」

黒島伝治「瀬戸内海のスケッチ」生前未発表／サウダージ・ブックス
井伏鱒二「へんろう宿」一九四〇年／新潮文庫『山椒魚』
大原富枝「婉という女」一九六〇年／講談社文芸文庫
瀬戸内寂聴「南　山」二〇〇〇年／新潮文庫『場所』

〔九州・沖縄〕

若山牧水「ふるさとの尾鈴の山のかなしさよ秋もかすみのたなびきて居り」
武者小路実篤〈新しき村〉創設・一九一八年
中谷宇吉郎「由布院行」一九二六年／岩波文庫『中谷宇吉郎随筆集』
「山之口貘詩集」一九四〇年／講談社文芸文庫『山之口貘詩文集』ほか
梅崎春生「幻　化」一九六五年／講談社文芸文庫『桜島・日の果て・幻化』
橋川文三「対馬幻想行」一九六七年／筑摩書房『橋川文三著作集8』
金　達　寿「対馬まで」一九七五年／講談社文芸文庫『金達寿小説集』
松本清張「骨壺の風景」一九八〇年／文藝春秋『松本清張全集66』
長堂英吉「ランタナの花の咲く頃に」一九九一年／新潮社

〔広い地域にわたるもの〕
国木田独歩「忘れえぬ人々」一八九八年／岩波文庫、新潮文庫『武蔵野』
森　鷗外「山椒大夫」一九一五年／岩波文庫、新潮文庫、ちくま文庫ほか
芥川龍之介「芋　粥」一九一六年／岩波文庫、角川文庫ほか
加能作次郎「世の中へ」一九一八年／講談社文芸文庫『世の中へ・乳の匂い』
田宮虎彦「霧の中」一九四七年／講談社文芸文庫『足摺岬』

これは、あくまでぼくの個人的なリストです。他にもいっぱい名作はあるのですが、思い浮かぶままにつくってみました。まずは北海道から見ていきましょう。

北海道

北海道では、和田芳恵（一九〇六―一九七七）の故郷に行きました。「雪女」（一九七七）という名作があります。昔の話ですよ、明治のね。ひとつ年下の女の子、さん子が、ぽーんと雪の上に自分の体を倒すの。そうすると雪に顔のかたちがつく。跡ができて。それで、仙一君にも、同じことしたらって言う。仙一君は、女の子にかぶさるような気持ちですね。ふわーっと自分の体を、女の子の顔の跡に重ねる。そのとき、ああって言いながら、何か

うれしいような気持ち。「さん子さんは雪女のようだと思いながら、息ぐるしくなっていた」。これで終わり。いい文章です。川端康成文学賞を受賞した。その舞台が国縫《くんぬい》です。函館からだと長万部《おしゃまんべ》の手前で、海に面したところ。その国縫には、和田芳恵が出た国縫小学校がある。

この間、札幌で話すことになり、東京から新幹線。函館で一泊。翌朝、函館本線の特急に乗って、札幌に向かいました。長万部駅は停まるんですが、二駅手前の国縫駅は停まらない。小学校を見たい。各駅停車に乗って国縫駅に降りて、「雪女」に出てくる坊主山も見たいけれど、次の列車が三時間あとだったりするので無理。それで計算した。長万部駅に着くのがだいたい何時で、何時何分頃に国縫駅を通過するか。行き過ぎたらいけないから、かなり前からデッキに出て待つ。国縫小学校が絶対に見えるはずなの。そしたら一瞬ですよ。一瞬、はっと見えたの、国縫小学校が。ほんとうによかったと思いました。(笑)

そのとき、ちょっと不思議なことがありまして。函館本線で他の人の座席を見た。ぼくは東京から来た人間で、他の人はだいたい北海道の人でしょう。前の座席の背もたれに、小さなケースがあって、そこに自分の買った切符を入れるんですよ。あれには、びっくりしたわ。みんな座席についたとたん、目の前のケースに切符を差すの。ぼくは差せませんでした。(笑)初めてだから。降りるとき絶対忘れると思って。あれは不思議ですね。ところ変われば、ということですね。北海道の人の習慣。すべての路線ではないかもしれないし、近距離だったらちがうと思いますけれど。

深沢七郎（一九一四―一九八七）の「和人のユーカラ」（一九八〇）。中公文庫『みちのくの人形たち』に入っています。「楢山節考」で知られる深沢七郎の後期の作品です。

北海道に行ったときに、山のなかで、ある男の人と出会うんです。その男の人が、日本人（和人）のことをアイヌの人はシャモと言います、と。その男の人は、アイヌの血をひく人かなと、「私」は思っていた。そうしたらその人が奇妙なことを言い出す。「アイヌのこともシャモと言います」と。わけがわからないですよね。「私」は不思議に思う。アイヌの叙事詩、有名なユーカラというのがありますね。こんなユーカラを男は口ずさむんです。「タモの木の／枝と、枝のあいだは／俺のものだ／と、言います」。こんなことをポツリポツリ。でも和人のことをシャモと言うのはわかるけれど、アイヌのこともシャモと言いますというのが、どうもわからない。これは深い話で、実はその男はアイヌの人たちより前からいる人たちと、血のつながりがあるらしい。と、こういう話なんです。一般的な理解ではちょっと届かない、さらに奥の方にある歴史、アイヌの人たちがいる前にいた人たち。だからその人たちは同じようにアイヌの人たちのこともシャモと言うことになる。シャモはさげすんだ言い方です。よそものだ、と。そういう立場にある人々の歴史が、ぼんやりと照らされている作品です。その他、リストに挙げたものについても少しふれておきます。

岩野泡鳴「憑き物」（一九一八）は札幌、豊平川。さして好きでもない女と心中。橋の上から飛び降りるが、氷にはね返されて、いのち拾い。いいのか、わるいのか。飛び降りたとき、女は櫛《くし》を落とした。女はそれを拾ってくれ、とわめく。安物の櫛なのに。破天荒な傑作です。中戸川吉二「滅び行く人」（一九二六）は、釧路にある父の牧場での裕福でしあわせな子ども時代を、放蕩に明け暮れる作家が追想。どうしようもない男の心理が表現されています。「昭和一〇年代作家」のひとり、長見義三《おさみぎぞう》の『色丹島記』（一九九八、増補新版・二〇〇五）は昭和一七年、単身で色丹島《しこたんとう》（現在の「北方領土」）に渡ったときの記録。植物のスケッチも貴重。北千島アイヌ（クリル人）など北方の人たちの秘められた歴史にふれ、深沢七郎「和人のユーカラ」ともひびきあう作品です。伊藤整「若い詩人の肖像」（一九五五）は小樽、東京での詩人との出会いを記録した、青春文学の名編です。

東北

東北に行きます。まずは山形の農村西目《にしめ》を描いた、横光利一（一八九八―一九四七）の『夜の靴』（一九四七）です。一九九五年の三月に、ぼくは現地で取材、そこからラジオで生中継しました。どこでもいいから好きなところに行って話してほしいと言われたので、この西目を選んだのです。

　横光利一は「機械」「紋章」など前衛的な作品で、同時代の西欧の二〇世紀文学と日本の文学をつないだ新しい作家ですね。亡くなる年に「夜の靴」という日記体の小説を書く。当時は川端康成よりはるかに上位にいた作家です。この「文学の神様」と言われた人が、戦争が終わる少し前、奥さんが山形の鶴岡出身なので、西田川郡上郷村大字西目（現在、鶴岡市西目）に疎開。村の人たちには、自分が作家であることを隠しました。四ヵ月いました。終戦もこの村で知ります。ここで横光利一は、農村というものを見た。本家、分家があり、お互いに行き来しながら、分をわきまえ、あれこれと工夫しながら生きている。

　西目は、羽前水沢《うぜんみずさわ》という駅から歩きます。駅から西目まで直線距離で二キロくらい。これが、ただただまっすぐの道。横光利一は書いています。なぜ西目の人たちは、かしこいのか。それはこの「真一文字の道」を歩くからだと。人間というのは、まっすぐ二キロも歩くと、今日はああしようかなと思っていたことを、一キロくらいでやっぱりこうしようかなとか思いなおしたりするものですよね。それでおのずと、ものを考える人間になってしまうと。

　「鞍乗り」という峠。そこから見える景色は「絶景」だと書いています。それでぼくは行きました。遠くの山の間に、楔形《くさびがた》の三角の青い海面が見え、ほんとうにきれいな景色でした。横光夫妻が芝刈りでよく登った道もそのままありました。本家の長男の妻、佐藤トヨ子さん、分家の長男の妻、佐藤多美恵さん、ともに七〇代でしたが、会うことができました。横光利一がいた頃は二人ともまだ女の子。「横光利一はどんな人でしたか」と聞くと、多美恵さんは「髪のなげー人でした」。（笑）二人とも「夜の靴」のなかに登場します。日本の農村のようすが愛情こまやかに、いきいきと描かれた、横光利一最後の名作です。

ぼくは、取材というのがすごくいや。行けと言われて、たまに行くんです。外国でも、さあっと見て、すぐ戻って来る。ほとんど何も見ないし、しない。あれで、原稿が書けるのだろうかと、記者や編集者の方は心配する。出て、人に会っても、なるべく人に話を聞きたくない。いまは目の前にたくさん人がいるので話しているんですよ。（笑）歩いている人を呼びとめて、話を聞くとか、これがなかなかできない。

でもだいたい文学散歩ってそうです。いろんなところで、ちょっとこれを聞こうと思うときに、もうひとつあのことも聞きたいなと思うのですが、何かちょっと状況がね。そこでもうひと押ししておけば、よりよい答がもらえたり、わかることがふえる、展望がひらけるのに、中途半端にしちゃう。ここを写真に撮ろうと思っても、でも今度にしよう、あとからでいい、などという気持ちが交錯して、どうしようか、というまま終わってしまったり。ほんのちょっとのことでもうまくいかない。でもそんななかにも楽しさがある。帰ってみるとわかります。

東北の代表作といえば、太宰治「津軽」（一九四四）ですね。故郷発見の旅です。たけさんとの再会など、いくつもの名場面があります。真壁仁《まかべじん》が編集した『詩の中にめざめる日本』（一九六六）は、児童、生徒、学生から教師、主婦、農業、漁業、炭坑で働く人など有名無名八四人の詩のアンソロジー。詩のことばの強さ、ゆたかさを伝えます。

関　東

関東地方に入ります。東京も関東ですが、「東京」の項でふれます。

宮内寒彌（一九一二―一九八三）の「七里ヶ浜」（一九七七）。宮内寒彌は岡山の生まれ。樺太での生活を描いた「中央高地」などで戦前から知られた人ですが、長い間活動がなくて、戦後は少女小説を書いたり、明治製菓の社史を編纂したり、ほとんど文壇から姿を消していた人です。それが一九七七年、「新潮」に「七里ヶ浜」という長編を発表します。舞台は湘南、鎌倉の七里ヶ浜。一九一〇年（明治四三年）一月二三日のことです。

七里ヶ浜の沖合で、逗子開成中学の生徒一二人がボートで遭難します。そして有名な「真白き富士の嶺《ね》　緑の江の島……」の歌「七里ヶ浜の哀歌」がつくられます。たくさんの人たちが涙を流した出来事でした。それで宮内寒彌とはどういう関係があるのか。読んでいくと明らかになるのですが、事故の経過はこういうことなんです。

日曜日でした。逗子開成中学はお休みの日。自由行動ですね。主人公となる宮内寒彌のお父さんは、その学校の先生だった。たまたま寮の管理もしていた。日曜日で、自分の仕事はないので、東京の方に転任する同僚を見送りに、逗子駅に行った。教師はそんなことが起こるとは思わないので、逗子駅に見送りに行ってそのまま何人かは鎌倉の方へ行った。その間に事故が起きた。生徒たちが勝手にボートに乗って、沖に出て、一二名が亡くなるという。その日は波がものすごく荒いとは思えないのだけれども、やはり冬場ですからね。潮の流れで大惨事になった。そして学校の、教師の責任というものが問われるわけです。

主人公の宮内さんのお父さんにすべての責任があるわけではない。もし寮監としてその場にいて、生徒たちがボート出したいんですと言ったら、今日はだめだよって言ったかもしれない。でもそこまでは役務上課せられていない。しかしながら教師として、というところがありますよね、これだけの惨事ですから。実に微妙な経過、事故が起きるのはここでこうだったらこうだったのではないか、という、そのあたりを克明に調べあげたんです、息子である作家の宮内寒彌が。全精力を注いだ。

作者はその六年後に亡くなりますが、最後に十何年ぶりに書いた作品は、翌年、新潮社から単行本になり、版を重ねました。どうして文庫にならなかったのか不思議なくらい、いい作品です。ぼくは五冊ほどもっていますが、いま手もとにあるのは第七刷。多くの人に読まれたので、とてもよかったと思います。

救助作業を目撃した鎌倉女学院教諭の三角錫子《みすみすずこ》の作詞で、「真白き富士の嶺」、そして「緑の江の島」、とつづく。ここで歌ってもいいんですけど。この間、ある全国紙が「七里ヶ浜」の特集をした。どこか片隅に宮内寒彌のことが書いてないかなと思ったら「食べ物はここで食べましょう」みたいなものばかり。（笑）ああ、なんかさびしいなと。あれだけ広い紙面で、ちょっとふれるくらいはね、楽しい記事に遭難というのもあれでしょうけれど、でもひとつの歴史ですからね。

田山花袋の長編「田舎教師」（一九〇九）は早世した教師の生涯を描く自然主義の名作。埼玉・羽生を中心とする利根川沿い一帯が舞台。出てくる三八ほどの地名（字）は、二つ三つを除いて、いまもあることが郵便番号簿などで調べてわかりました。これだけ残っていると文学散歩もはかどると思います。芥川龍之介「蜜柑」（一九一九）で、車窓から娘が蜜柑を投げるのは、横須賀駅と田浦駅の間。葛西善蔵「おせい」（一九二三）の女性おせいが働く食堂、招寿軒（鎌倉）は店を閉じましたが、いまも家屋と看板が残っています。

東京

東京に入ります。芥川龍之介の話から始めます。

田端にいた芥川は、かなり家の外に出ていたという形跡があります。すでに「羅生門」「鼻」「地獄変」も書いて、文壇期待の新進作家として活躍していましたが、大正八年（一九一九年）四月、二七歳のとき、鎌倉から、もともと住んでいた田端に戻ります。隣りに香取秀真《かとりほつま》、のちに文化勲章を受ける鋳金家がいる。ほとんど同じ敷地みたいなものです。ときどき顔を出して、しゃべっている。その年の六月の芥川のようすを見てみましょう。

大正八年六月に、芥川龍之介が何をしたかということは、わからないんです。なぜかというと、芥川は日録風の文章は書いているが、日記を残していないから。ところが研究者というのはすごい。『芥川龍之介全集』第二四巻（岩波書店・一九九八）にはおどろきます。何日にどこで何を食べた、誰と会った、どこへ行った、なども明らかにするという怖るべきもので、まるで芥川が自分で日記をつけたようになっている。手紙や、人が残した文章、記録から一日一日を復元していくんです。この大正八年六月を見ますとね、

五日、午後、菊池寛と一緒に中戸川吉二を訪ねる。

六日、夕方、久米正雄とともに菊池寛、小島政二郎、岡栄一郎を訪ねたが、皆不在。

七日、木村幹《もとき》とともに平塚雷鳥を訪ねる。

九日、午後、谷崎潤一郎宅を訪れると、久米正雄、中戸川吉二、今東光が来ていた。

一〇日、夕方、八田三喜を訪ねるが、不在。

一一日、午後、菊池寛を訪ねるが、不在。

一三日、夕方、久米正雄を訪ねる。

一五日、久米正雄を訪ねる。

一七日、夕方、久米を見舞うが、二〇歳で死去した関根正二（洋画家）の葬式に参列していて不在。帰宅した久米と話していて「生きてゐる内に一刻でも勉強する事肝腎なり」と思う。

二四日、午後、菊池寛を誘って久米を訪ねる。


あと、まだありますが、こういう感じで、判明しています。こうしてみると、芥川龍之介は書斎派なんてとんでもない。外出派で、この大正八年六月、一ヵ月間に一四回、人を訪ねている。お隣りの香取さんを訪ねたのは省きますね。（笑）一四回のうち、相手がいたのは八回。待っていて会えたのが一回。あとの五回は不在。実に単純な計算ですが、人を訪ねて、待たずに会える確率は六〇パーセント以下ということになる。会えないことも多い。昔は人を訪ねて行くとき、いまのように携帯電話はない。固定電話もない。当時は一般のお宅に電話はなかった、大正八年ですから。もうそのへんに一台か二台あるくらい。そんな時代に、会いたいなら行くしかない。行ったら留守とかね。そこで長い間待つこともあった。それで、ああ今日は久米正雄がいなくてよかったなと。ある相談をしに来たのだけれど、あんなことを久米さんに打ち明けるべきではなかったなとか、帰り道で考える。また、帰り道に、ここにこんな家が建った、こんなところにこんな花が咲いたなとか、いろんなことを感じるのだと思います。

横光利一の西目の集落の人たちが二キロほどの直線距離を歩くのと同じです。やっぱりこの「いない」ということも、よかったかなと思います。会えても、ものを考える。会えなくても、考える。そういう「一日」を生きていたんだと思います。いまは会えることがわかってから会いますね。いまとは内容的にずいぶんちがいますね。考えること、思うことでは、人間は半分くらいになってしまったような気がします。

また、こんなこともあります。谷崎潤一郎を訪ねてみたら、そこに今東光など若い人たちがいて、そこでまたいろいろと知るわけです。ああ、この人は好かんなあ、とかね。ああ、いい人だ、もうちょっと話してみたいなとか。そんな意識の空間がつくられた。そういうなかで、作品も書かれていたんだなということを、あらためて感じます。

佐多稲子（一九〇四―一九九八）の「水」（一九六二）。この短編が発表されてから去年（二〇一二年）でちょうど五〇年です。短い話なので一五分もあれば読めます。佐多稲子はプロレタリア作家で、子どものときキャラメル工場にも勤めていた。料理屋で働いていたとき、そこに芥川龍之介が来た。あのきれいな人は誰だと。それが芥川との出会いです。

その佐多稲子の「水」です。北陸・富山から奉公に出てきた、まだ二〇歳前の女の子、幾代。旅館で働いています。ある日、里の方からハハキトクスグカヘレと電報が来る。それで主人に、すみませんこういう電報が来たので、と見せる。昔は里帰りはなかなかできない。主人は、「へー、そうか」みたいなものです。そうしたらハハシンダ、カヘルカという電報が来た。それで、ついに帰ることにする。

上野駅へ行き、そこでもう泣きつづける。そのとき上野駅のホームの横、駅員の詰所の先にある蛇口から水が、栓を閉め忘れたんでしょうね、ちょろちょろと出てる。女の子はものすごく悲しいのに、ぴたっと涙を止めて、歩いて行って、蛇口の栓を閉めるんです。日頃の心得ですよね。そして戻って、またしゃがんで泣きつづける。その場面。

幾代は、悲しみを運んでそこまで歩いてきた。顔を上げているので、瞼をあふれた涙が頬に筋を引いた。が、幾代は、水道のそばを通り抜けぎわに、蛇口の栓を閉めた。音を立てて落ちていた水がとまつた。が、幾代は自分のその動作に気づいてはいないらしかつた。それは無意識に行われただけだつた。列車は音を立てて出てゆき、明るくなつたあとに街の眺めが展《ひろ》がつた。が幾代は、再びもとの場所にもどつてしやがみ込むと、今までと同じように泣きつづけた。

「水」は佐多稲子の作品のなかでよく知られた一編です。上野駅のホームは変わりましたね、五〇年もたちますと。しかし、上野に行ったときに、井沢八郎の「あゝ上野駅」もとてもいい歌だけれど、もうひとつ、この駅員詰所の水道の蛇口。これはいま探しても見つからないと思いますけど、かつて地方から奉公に出てきた女の子たちがいた。この上野駅を起点に、ふるさとに帰る、ふるさとを思う、そういう時代があったということを忘れたくないですね。

かえるくん登場

では、村上春樹にゆきましょう。

すごいですね、本が出る前に五〇万部も売れてしまうという。ぼくがもし村上春樹だったら、そういう状況にさせるような本の書き方はしませんけどね。何か気持ちが悪いですから。ものすごく有名になった人でも、そういうように売れているということを、気持ち悪いなと思わないといけないなと。ああいう状況はどうなのか。ぼくは、同じ大学、同じ学部で、ときには同じ授業を受けていたはずです。会ったことはないですが。あちらは月、こっちはこんな。すごい差がつきましたが。（笑）まあ同期ということで、ちょっと言わせてもらうと、ほんとうの大作家になるには、やっぱりね、もう少し汚れないとね。たとえば講演会場のこと、村上春樹の講演なんてすごいでしょう。この間は京都大学でしたか、たいへんな抽選で、もう受かっただけでうれしいよね。（笑）でも何だか不思議な感じがする。人間というのはそういうのもいいですよ、特別扱いされて、そりゃあそうです、村上春樹ともなればカメラもすごいし、身動きもとれないから、聴衆の数も規制する。しかしそういうところにもっていかざるを得ないようにさせる自分というものは何かってことを、ちょっと考えたいですね。やっぱりほんとうの作家というのはもうひとつ上へ行かねばならない。

東海道新幹線で三島駅を通るたびに、ぼくは丸山眞男を思い出します。戦後最大の思想家、よく文章が入試問題に出る人ですね。

その丸山眞男が、まだ東大の助教授だった時代、終戦直後の、一九四五年一二月から翌年にかけて、三島の人たちに、なぜ日本は戦争に負けたのか、さまざまな思想の問題、国家体制の問題などを話しつづけた。これが丸山眞男が参加した庶民大学の講座です。子どもも、学生も、商店のおじさんもおばさんも、その辺のおにいさんも来た。町の人が聞きに来た。どうして日本は戦争に負けたのか、この戦争は誰が起こしたのか。それを学者丸山眞男が、人々の前に出てですよ、一生懸命しゃべりつづける。それが丸山眞男の原点ですね。だからこの田端文士村記念館にも、村上春樹は来なくちゃ。（笑）というくらいに大きい人になってほしいですね。やっぱり汚れないと。きれいなところで、規制されて、ガードされて、守られて、講演をして、特別扱いされているのはね。ほんとうの世界の大作家という人はそんなことしてませんよ。時代はちがうものの、トルストイなんかすごいですね。徳冨蘆花が会いに行ったら、会ってくれた。トルストイさんですかって聞いた。それでちゃんと話をしてくれてね。いちばん上になるとそこまで行くのね。そういう人を見たい、小説家も詩人もね。

この話はさておき、村上春樹はすぐれた作家です。「日本では村上春樹だけが小説を書いている」（『文芸時評という感想』四月社・二〇〇五）と以前ぼくは書きました。ある意味では、いまもそうだと思います。

村上春樹の作品は「１９７３年のピンボール」「中国行きのスロウ・ボート」「ねじまき

鳥クロニクル」の第三部、そして短編集『神の子どもたちはみな踊る』、このあたりがいいと思います。「海辺のカフカ」など、最近はちょっとあんまり。なかみは下降しています。下降する手前のところで、いい作品を書いていて、それがこの「かえるくん、東京を救う」（一九九九）です。簡単にまとめてみますね。

片桐さんという、新宿の信用金庫に勤める男の人。ある日家に帰ってみると、玄関のところに大きなかえるがいるの。何だこれはって。あなたほんとうにかえるかって聞くと、かえるですよ、鳴いてみましょうか、ケロケロみたいな。二メートルもある巨大なかえるなの。どうして君はここにいるのかと聞くと、これから東京に大きな地震が起きます、ぼくはその地震を起こす、地下の大きなみみずくんと戦うのです、と。片桐さんが、「ねえ、かえるさん」って言うと、「かえるくん」と呼んでください、と。あとでまた、「かえるさん」と言うと、「かえるくん」と呼んでください、と。これがつづく。これだけでも面白い。（笑）

さて、かえるくんは、みみずくんと戦う、そのためには片桐さんの協力が必要なんですと言う。それでまあいろいろなことがありまして、片桐さんは地震を起こさないための応援に駆けつけたとき、途中で事故にあって、入院先で、大手拓次じゃないですが、看護婦さんの看病を受ける。片桐さん、大丈夫ですか、ううん、みたいな。うなりながら、かえるくんはどうしたのかって思う。「かえるくんは損われ、失われてしまった」と思う。すると看護婦さんは言います。「片桐さんはきっと、かえるくんのことが好きだったのね？」と。最後の場面はすごくユーモラスだけれど悲しい。見事ですね。一九九五年の阪神・淡路大震災の四年後に書かれました。しっかりと胸のなかであたためられた作品だと思います。

これと、「アイロンのある風景」などを収めた六編で『神の子どもたちはみな踊る』です。ミリオンセラーの多い村上春樹の作品のなかで、もっとも売れないもののひとつですね。（笑）でも、もっともいいもののひとつかもしれません。かえるくんのことば、片桐さんとの対話、あと看護婦さん、この出方が絶妙。SFの動画のように展開しながら、人間の心理を照らしています。想像力とはこういうものだと知らせてくれます。

「アイロンのある風景」は、阪神の震災にあった三宅さんというおじさんが、茨城の浜辺で焚き火をしている。そこに所沢から学校が嫌になった女の子が来て、二人で焚き火にあたる。このおじさんと女の子には、まったく接点がない。二人が不思議に心を通わせる。いいところをとらえますね。村上春樹は「現代の漱石」と言われますね。でも講演をするときは、どうかなと思いますね。もうもみくちゃになって、私はどこにいるの、くらいにならないとね。（笑）小田実、井上光晴、みんな汚れて、もみくちゃになって、そのなかで書いてましたよね。

作家は汚れる。それも大切な活動のひとつです。いろんな場に出て、恥ずかしい思いもする。丸山眞男は、暑いさなかも、腕まくりして、黒板に字を書きながら、国家が社会がどうのこうのとやったわけです。それが後の丸山眞男の思想活動の原点となる。三島の市民に語りかけた。いまの学者の人たちは、大学のなかに入っています。入りすぎています。人々に語るときのことばをもたない。そのことすら平生、意識しない。だから考え方も鍛えられていない。それでぼくは新幹線で三島駅を通るたびに、丸山眞男のことを思うんです。いまから七〇年近く前、一生懸命語りかけ、自分の考えを述べた丸山青年の姿が浮かぶわけです。もう戦争から帰ったままの姿です。知識人は、ときに泥にまみれる、そのなかで生きていくという、そういうことがいまだんだんなくなってきているように思います。

その他、東京ゆかりの作品にふれておきます。尾崎翠《おさきみどり》の「第七官界彷徨」（一九三一）は、異次元を思わせる設定で、清新な感覚世界を形成する傑作です。阿部知二の「冬の宿」（一九三六）は下宿先、霧島家の「秋から春にかけての出来事」を学生の目を通して描く名作。夫の嘉門は、本能と衝動で生きる大男で、「ウオーッ」と叫んだり、「あーんあーん」と駄々をこねたり。妻のまつ子は敬虔なクリスチャン。性格の異なる夫婦の絆を、清涼な文で描きます。引っ越していく二人が、坂道で消えていくラストは印象的です。北條民雄の「いのちの初夜」(一九三六)は、ハンセン病患者の入院第一夜から朝までの心境をつづる、昭和文学屈指の名作です。東村山の全生病院(現在、多磨全生園)が舞台。小山清「落穂拾ひ」(一九五二)は市井の情景を書きとめた一連の名品のひとつ。三島由紀夫の「橋づくし」(一九五六)は著者の短編の最高作。舞台となる築地界隈の川のほとんどは埋め立てられて姿を消しました。

中部

中部地方に行きます。まずは中勘助(一八八五—一九六五)の「島守」(一九二四)。北信、野尻湖に浮かぶ小さな島、弁天島(琵琶島ともいう)を舞台にした作品が「島守」です。日記体です。中勘助はここで名作「銀の匙」を書くことになります。

東大を出た二六歳の青年が、ひとりでこの島にこもる。学士様が島に入った、しかも船で行くところですよ、みんな心配。本陣さんという対岸に住む親切な人がいて、舟でそこまで案内して、困ったときはこの魚を、ご飯はこういうふうにしてとか教えてくれる。本陣さんはときどき舟で来て、お母さんみたいに世話をする。一日一回元気でいるよと、島の小高いところから燈明をともすことに。無事です、の合図ですね。何かあると本陣さんが駆けつける。一カ月の暮らしは、まるで「島を守る」ような生活です。風の音、鳥のさえずり、草木のようす、そして心境を淡々と書いていく。読んでいると、心が冴え冴えとしてきます。「たったひとり」の名作。日本文学にはとてもめずらしいものだと思います。

中野重治「汽車の罐焚《かまた》き」（一九四〇）は、蒸気機関車の機関士（福井機関区）など鉄道に従事する人たちの現場のようすを「聞き書き」形式でつづったもの。戦後はひと頃まで『私たちの将来・私たちの職業』全二七巻（三十書房）など、職種別にその仕事がどんなものかを書いた、子ども向けのシリーズが各社から出ていました。同シリーズだと「紡績工場」「食品工場」「時計・レンズ工場」「製鉄・いもの工場」そして「芸術家」の巻も。「汽車の罐焚き」は、「交通機関ではたらく人びと」に入るのでしょう。社会にはさまざまな仕事があります。おとなも、自分の知らない仕事をきちんと知る。「汽車の罐焚き」のよさも、そこにあります。

深沢七郎の連作短編集『庶民列伝』（一九七〇）の白眉は「おくま嘘歌」（一九六二）。孫ではなく、娘に会いたい、でも孫に会いにきたというようすを見せる、おくまの姿は心に残ります。舞台は、現在の山梨県笛吹市周辺のいなかです。武田百合子『富士日記』（一九七七）は、富士山麓の山荘での一家の日録。その清新な文章は日記文学の可能性を大きくひろげました。ぼくはときどき、たまたま開いたところから読みますが、それでも夢中になります。

近畿

近畿地方に移ります。

梶井基次郎（一九〇一―一九三二）の「城のある町にて」（一九二五）は、三重県の松阪です。散歩で見つけた情景が中心になります。小説として書かれていますが、出てくるものが断片的で、一定の方向をもたない。小説だけを読んでいる人には、「城のある町にて」は理解できないつくりになっています。つながりが見えにくい。でも読み終えたときに、これが人の目に映る、自然な情景なのだと思われてきます。その点では、「檸檬」より、見どころの多い作品かもしれません。

井上靖（一九〇七―一九九一）の「補陀落《ふだらく》渡海記」（一九六一）。紀州、和歌山のお寺の名前が出てきます。その補陀洛山寺は、いまもあるんです。天台宗の古くからのお寺だそうです。そこの住職になると六一歳の年の一一月に、みずから屋形舟に乗って、浄土をめざして、ひとりで、途中までは船が伴走して、海に出ます。「はい、行ってらっしゃい」という感じですね。渡海しなければならない。西の方には阿弥陀浄土、南の方には補陀落というところがあるとのことで、それをめざして行くというのだけれど、つまり死ぬということですよね。

これが始まったのが貞観一一年（八六九年）。日本でいちばん最初に記録された大地震、三陸地方の沿岸に大きな津波が押し寄せて大変な数の人が亡くなったという、貞観一一年の大地震、あの年なんですよ。その関連は不明ですが、この小説を読み直して気づきました。このあたりから住職が浄土をめざして船出しなければならないことになったようです。その五〇年後に二番目の人が行って、しばらく途絶えていたんですね。その二〇〇年以上後に三番目の人が行って。ところが戦国時代になって、急にふえた。戦国時代の最後に行ったのが、金光坊《こんこうぼう》という住職です。この人が嫌がった。（笑）

三代つづけて住職が渡海した。そうすると、当然、あなたもそうだよね、という年齢が近づいてくる。何だか深沢七郎の「楢山節考」を思い出しますね。六一歳の一一月が近づいてきた。彼は、まじめなお坊さんなんですよ、しかし嫌なんです。死ぬことが解せないの。それでしぶしぶ旅立った。屋形舟に押し込まれ、何も食料をもたずに、そのまま行ったら、途中で難破しちゃって。それで抜け出そうと思った。でもうまくいかなくて、島にぶつかっちゃった。そこで島まで同行した僧侶に見つかってしまった。あらっ、やり直し。かわいそうですよねえ。嫌がる金光坊を、また屋形舟に押し込んで。箱のなかに入れられ、釘を打たれて。食料なし。みんなで会議したらしいですよ、どうするかって。しかしやはり慣例によってね。あらためて、となった。その一部始終を書いたのがこの作品です。

井上靖という作家は、小説はそれほど高度なものは書かない。ドキュメンタリーみたいに書くときに、よさが出ます。そこにいたみたいに書くのが、とてもじょうずなんです。ロイター通信みたいな感じ。(笑)後期の『孔子』もそうです。これ以上のものはないんじゃないかというくらい、じょうずです。金光坊を記念して、ということでしょうか、最初に座礁した島が金光坊島《こんこぶじま》というそうです。いまもあるそうです。行ってみたいような、行きたくないような。(笑)でも読んでみると、行きたくなる作品です。

小野十三郎詩集『大阪』(一九三九)は、戦時中の淀川周辺の風景をうたうものですが、軍需工場から出る鉄くず、廃棄された部品、しおれていく草花などを見つめ、これまでの「美しい」ものをうたってきた日本の詩に対抗するものです。どんな汚いものも、濁ったものも現実であるという視点で、荒廃の風景を直視。現代詩の原点となる名詩集です。丹羽文雄「青麦」(一九五三)は、浄土真宗の僧侶である父の煩悩を描くもので、中編ながら作者の代表作と思われます。父が屋根から落ちる場面から始まります。椎名麟三「美しい女」(一九五五)は、宇治川電気電鉄部(現在の山陽電気鉄道)での乗務経験をもとにしたもの。運転中に、「美しい女」が目に浮かぶ、そこから題がとられています。神戸の山陽電鉄本社前には「美しい女」の文学碑があるとのことです。

中国

では、中国地方に移ります。

国木田独歩の「馬上の友」（一九〇三）は、少年のときの、友だちとの出会いと別れをつづる名品。子どもの話なのに、おとなになってから読んでも、胸に迫るものがあります。少年期を過ごした山口が舞台。

正宗白鳥（一八七九―一九六二）の名編「入江のほとり」（一九一五）は、岡山の穂浪《ほなみ》（現在、備前市）。代用教員の弟と、東京から帰省した兄。弟は、単語と単語をくっつけて、へたな英作文をするのが大好き。そんなことで遊んでいないで、正規の先生になったらと勧める兄ですが、心のなかでは自分もまた弟と同じようなものだという気持ちがあります。二人で海を眺めたとき、黒い鳥が見えます。弟は「ブラックバード」と。でもそれは、弟がそう心でつぶやいたと、兄が想像するものです。一見穏やかな私小説ですが、手法の新しさが光ります。

石川達三（一九〇五―一九八五）の「交通機関に就いての私見」（一九三九）。鉄道がわが町に来ることに。町が発展すると歓喜にわく人たち。だが中学生の「僕」だけはそれを信じない。予想的中。鉄道は来たが、倉敷、岡山へ早く行けるようになったので、町のなかは、がらあき。商店街もすたれてしまう。モデルとなったT町は高梁町《たかはし》（現在、高梁市／伯備線・備中高梁駅開業は大正一五年六月）。作者は秋田生まれですが、教師だった父の転任で、中学時代を高梁町、岡山市で過ごしました（大正八年から大正一三年）。反骨の社会派らしい作品です。

田畑修一郎「医師高間房一氏」（一九四一）は郷里・島根県石見《いわみ》地方の医師の日常を丹念に描く長編。作者には、のちにふれますが、『出雲・石見』（一九四三）というすぐれた紀行文もあります。中野重治「萩のもんかきや」（一九五六）は、萩を散策中、「もんかきや」の店先で、西洋人のような容貌の女性を見かける話。戦後の名短編とされています。

四国

四国に行きます。

井伏鱒二（一八九八―一九九三）の「へんろう宿」（一九四〇）。この「へんろう宿」は、すごいですよ。土佐へ行き、ある宿に泊まることに。「おや、おいでなさいませ」と言った人が、五〇くらいの女の人です。なかへ入ると、火鉢にあたっている女の人が二人いて、八〇歳と六〇歳くらいなのね。最初の五〇歳くらいの人が、まず出迎えたでしょう。なかへ入ったら八〇歳と六〇歳。「おや、おいでなさいませ」って、また言って。この宿はいったい何なんだろうと思う。で、聞いてみたら、八〇歳の「極老」の人は、オカネ婆さん、六〇歳くらいの人はオギン婆さんで、五〇歳くらいの人はオクラ婆さんと言います、とのこと。別の部屋を見たら、まだ小学生くらいの女の子二人が同じ机で、お勉強。これも何だろう。（笑）

へんろう宿には、遍路さんたちが途中で子どもを棄てていく。その子どもたちが成長して、おばあさんたちになったというんです。縁もゆかりもない人たちがいっしょに暮らしている。あの二人の女の子は誰ですか、あの子たちもそうなんです、と。これが「へんろう宿」。不思議な「家族」です。何だろうなあと思いながら、翌朝、「私」が宿を出るところで終わっています。読むと、忘れられないものがあります。

「瀬戸内海のスケッチ」（生前未発表）は、黒島伝治の短編を収めた『瀬戸内海のスケッチ』（サウダージ・ブックス・二〇一三）の表題作。反戦文学で知られる著者は、肺患悪化のため小豆島に帰ります。その頃の作品と思われます。台風で、下駄を積んだ船が難破、浜辺に下駄が散乱。村人たちが色とりどりの下駄を拾ってもち帰る。台風一過の情景です。静けさのなかに、きらきらと輝く。そんなすてきな文章です。大原富枝「婉という女」（一九六〇）。土佐藩政に失脚した野中兼山の娘、婉が追罪となり、四歳のときから四〇年間、幽閉される（高知・宿毛）。その孤独な生涯を描くものです。純文学の代名詞という感じの秀作です。瀬戸内寂聴『場所』（二〇〇一）は、作者が暮らした、あるいは縁のある一四の土地を描くもので、瀬戸内寂聴の最高傑作と思われます。「南山」は、序章。父の郷里（香川県引田《ひけた》町黒羽《くれは》）を再訪したときの思いを記します。この一編を読むだけで、すべてを読みたくなる、そんな作品です。

九州・沖縄

九州・沖縄に向かいます。まずは随筆から。

中谷宇吉郎《なかやうきちろう》（一九〇〇―一九六二）の「由布院行」（一九二六）。中谷宇吉郎は物理学者ですね。東大の寺田寅彦のもとで学んだ人で、その頃の随筆です。

中谷宇吉郎は、よい文章をたくさん残しています。岩波文庫でも何冊かありますが、科学者がすばらしい文章を書くのは特別なこと。寺田寅彦ゆずりの、寺田寅彦は夏目漱石の門下ですから、まさに中谷宇吉郎は漱石山脈を受け継いでいる科学者ということになる。『科学の方法』（岩波新書）はロングセラーですが、この科学入門の最初の章が「科学の限界」です。いまは科学者の書いたものを読むと、こういうものが新しいとか、こういうものので人々は生き残れるとか、そうしたもので占められている。つまり科学の有用性だけを訴える。いいことばかりを言う。でもほんとうの科学者は、科学の限界から語り始める。

中谷宇吉郎は、寺田寅彦のところで実験物理学を学んで、のちに世界で初めて人工的に雪をつくりだすことになります。

大正一五年ですから、まだ二五、六くらいのときに、実験生活に疲れて、自分の父親は早くに亡くなっているので、おじさんのことがなつかしくなる。おじさんは大分から日田に向かう途中の、温泉地で有名な由布院というところにいます。おじさんに会いたいなと思って、夏休みに訪ねる。それでおじさんが、よう来たな宇吉郎みたいな感じでしょう、あ、本名ですよ、長い名前ですねえ。「ようきたなうきちろう」なら大変ですよね、言うの。(笑)で、「お久しぶりですおじさん」みたいな。おばさんもすごくいい人。おじさんは、山のなかで、野菜をつくったり、鯉を飼ったり、木彫りか何かもやっている、ちょっと変わったおとな。六〇歳くらい。石川県加賀市の生まれで、そちらでいろいろ事業があったらしいのですが、うまくいかなかったようなのです。宇吉郎は、そこに一週間ばかり、いた。帰りがけに宇吉郎は、おじさんのところに来てよかったと思う。元気が出た。でも少しさびしくもあるみたい。楽しいひとときを過ごしたから。おばさんは、もうちょっといればいいのにって、言ってくれる。名残を惜しむ。そのとき、おじさんは、こう言うんです。

「何処にいるのも同じこった。来年の休みにはまた来い」

これはすごく、心に残る。この文章を『中谷宇吉郎集』第一巻（岩波書店・二〇〇〇）のなかに見つけたとき、ぼくはとてもうれしかったです。ぼくはいつも思うのですが、年賀状だけで二〇年、三〇年以上も付き合っている人っているでしょう。あれは不思議。会っていない、でもときどき交信がある。それはどういうことなんでしょうか。

いつもは同じ空間にはいないですよね。しかしお互いときどき交信をする。あるいは年賀状のやりとりをする。会っていないのだけれど、その人との関係があるというのは、どういうことなのかなとずうっと考えてゆくと、これはなんだか哲学的な世界に入る。それでね、「何処にいるのも同じこった」というおじさんのことばは、たしかに淡泊で、特別なものではないんですが、これがこの文章の最後なんです、結びなの。ということは中谷宇吉郎は、そのことについて考えたと思うんです。少し。それがこちらに伝わってくる。

文章がとにかくすばらしい。なんでもない日常の会話なんだけれども、まあそういう文章を残した人です。ぼくは文学散歩といっても竹田とか日田とか由布院とか、あの辺を通る機会はありませんし、ただ心のなかで描くだけ。別に由布院だからそうだってわけではないですね。他のところでもいいわけですから。もしおじさんが博多にいたら博多になるし、佐賀の伊万里にいたら伊万里になるし。そういうことでしょう。どこでもいいわけですよ。どこでもいいのですが、やっぱり由布院という地名をどこかで聞くと、この中谷宇吉郎の文章が思い浮かんで、ほとんど会わないのに、お互いにきちんと生きている、というのはどういうことなんだろうか、会わないというその間は、でもやはり人は会っているということになるんだろうか、と思う。これは非常にむずかしい問題です。（笑）面白い問題。

　そこのところをぼんやりと思い浮かべるんです。そんなことになる。で、そんなことになるときに地名というものがひとつの軸になっている。そこでのことである、ということが心のなかに入ってくると、やっぱりそのことがずっと、胸のなかにとどまることになる。だからもし安中周辺にみなさんがこれから行くと、何か荒川さんとかいう人がしゃべってたなとか、そんなことでもいいわけですね。

　梅崎春生「幻化」（一九六五）は、鹿児島・坊津《ぼうのつ》、阿蘇山の火口が舞台。戦争と戦後をつなぐ昭和・戦後文学の代表作です。橋川文三「対馬幻想行」（一九六七）は、うすれた記憶を頼りに郷里・対馬を訪れたときのこと。思想の人が書いた、美しい文章です。金達《キムタル》寿《ス》「対馬まで」（一九七五）は、さまざまな事情で祖国・韓国に入国できない人たちが、対馬の北端から韓国・釜山を見つめる。在日の人たちの思いが静かに結晶。松本清張「骨壺

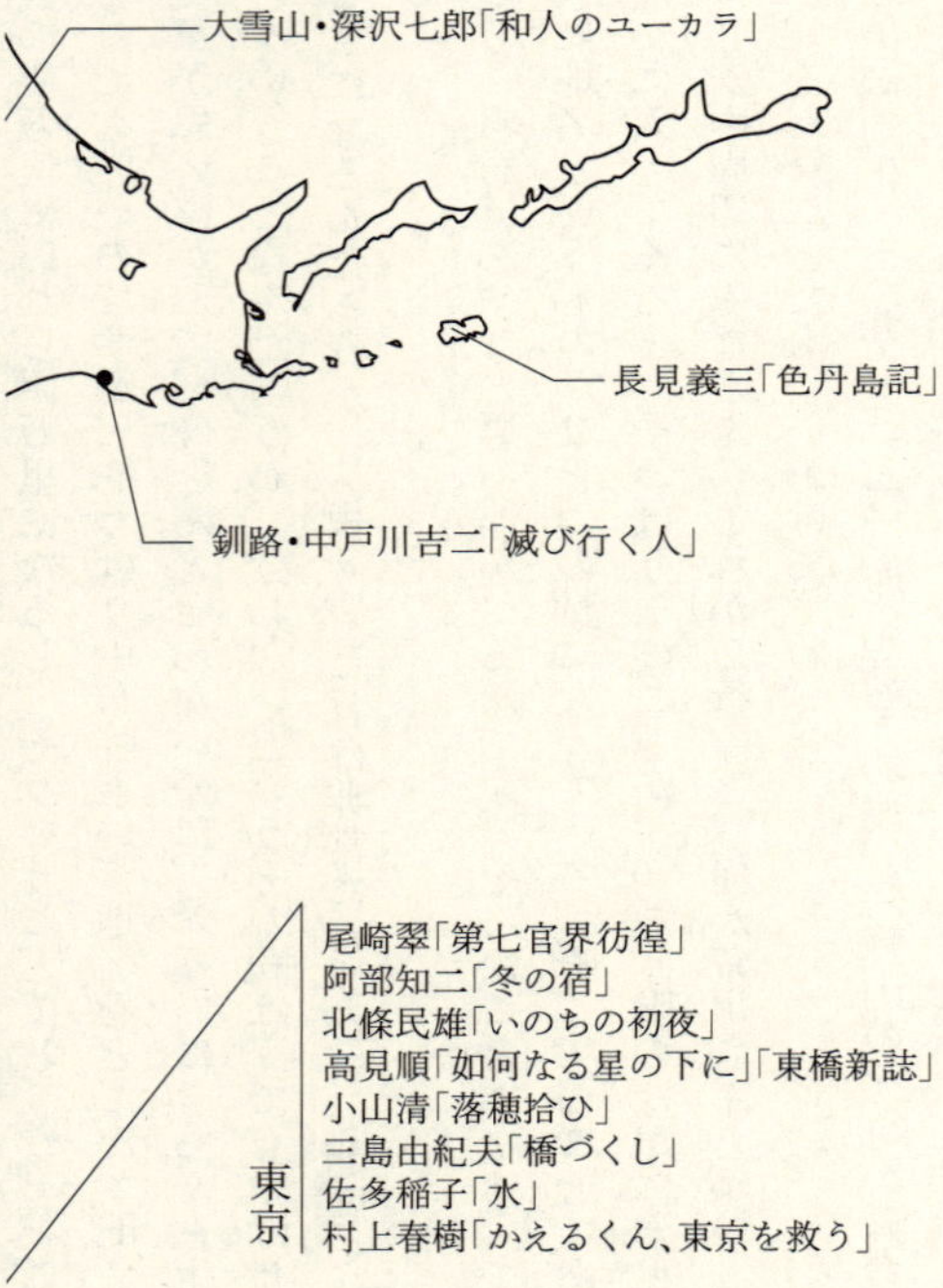

★注
作品の舞台となった都市、地域、作者の郷里などを記した。「広い地域にわたるもの」は、作品ごとに番号を付けた。❶など、白ヌキの数字は始点を示す。詩歌は原則として省略した。地名の一部は発表当時のものである。

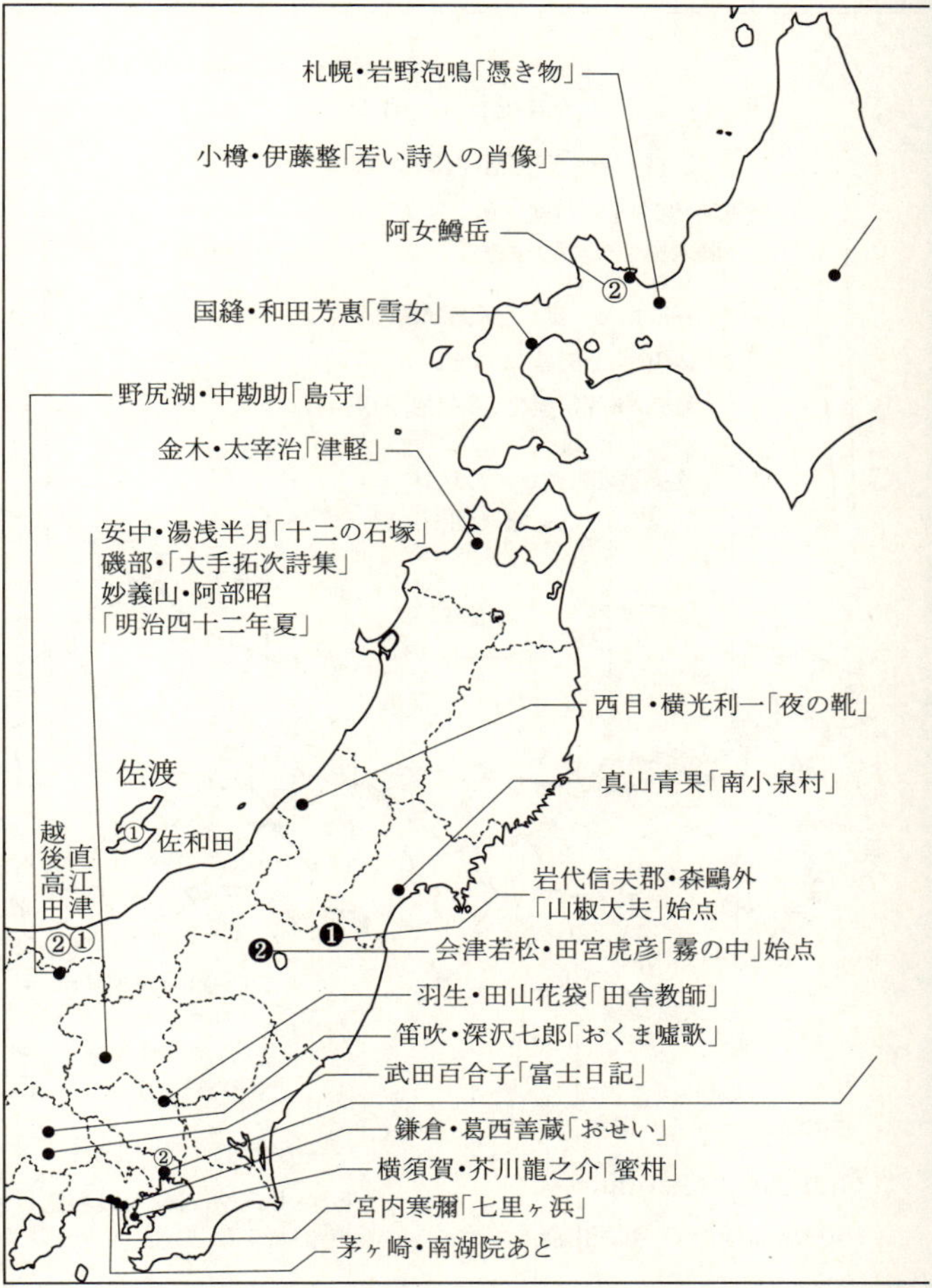
札幌・岩野泡鳴「憑き物」
小樽・伊藤整「若い詩人の肖像」
阿女鱒岳
国縫・和田芳恵「雪女」
野尻湖・中勘助「島守」
金木・太宰治「津軽」
安中・湯浅半月「十二の石塚」
磯部・「大手拓次詩集」
妙義山・阿部昭
「明治四十二年夏」
西目・横光利一「夜の靴」
佐渡
真山青果「南小泉村」
佐和田
越後高田
直江津
岩代信夫郡・森鷗外
「山椒大夫」始点
会津若松・田宮虎彦「霧の中」始点
羽生・田山花袋「田舎教師」
笛吹・深沢七郎「おくま嘘歌」
武田百合子「富士日記」
鎌倉・葛西善蔵「おせい」
横須賀・芥川龍之介「蜜柑」
宮内寒彌「七里ヶ浜」
茅ヶ崎・南湖院あと

馬籠・島崎藤村「夜明け前」
風戸・加能作次郎「世の中へ」始点
福井・中野重治「汽車の罐焚き」
中野重治「萩のもんかきや」
山口・国木田独歩「馬上の友」
益田・田畑修一郎「医師高間房一氏」
呉・田中小実昌「ポロポロ」
粟田口・芥川龍之介「芋粥」始点
高梁・石川達三
「交通機関に就いての私見」
穂浪・正宗白鳥
「入江のほとり」
金石
金沢
京都・四条
由良
敦賀
高島
坂本
松山・三津浜
宿毛・大原富枝
「婉という女」
安芸・大山岬
井伏鱒二「へんろう宿」
引田・瀬戸内寂聴「南山」
小豆島・黒島伝治「瀬戸内海のスケッチ」
四日市・丹羽文雄
「青麦」
松阪・梶井基次郎
「城のある町にて」
小野十三郎「大阪」
勝浦・井上靖「補陀落渡海記」
姫路・椎名麟三「美しい女」

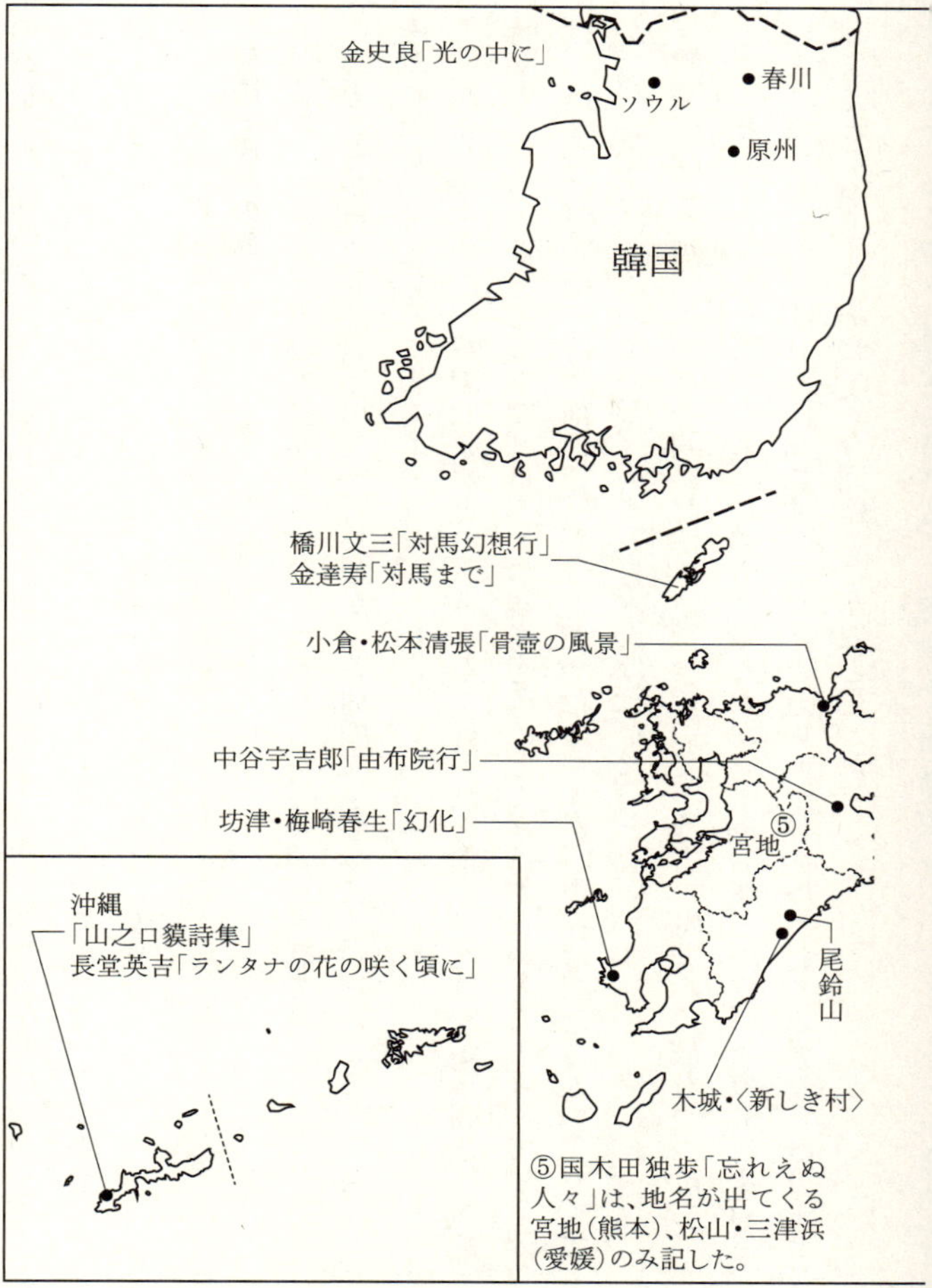
金史良「光の中に」
ソウル
春川
原州
韓国
橋川文三「対馬幻想行」
金達寿「対馬まで」
小倉・松本清張「骨壺の風景」
中谷宇吉郎「由布院行」
坊津・梅崎春生「幻化」
⑤
宮地
尾鈴山
木城・〈新しき村〉
沖縄
「山之口貘詩集」
長堂英吉「ランタナの花の咲く頃に」
⑤国木田独歩「忘れえぬ人々」は、地名が出てくる宮地（熊本）、松山・三津浜（愛媛）のみ記した。

の風景」(一九八〇)は、しあわせうすい祖母のおもかげを、郷里・小倉に訪ねる旅。ここには作者の他のどの作品にも表われない心の姿を知ることになります。長堂英吉《ながどうえいきち》『ランタナの花の咲く頃に』(一九九一)は、南国・沖縄の光にあふれた作品集です。

韓国・原州の旅

ここで、ちょっと外国の話をしますね。九州からも近い韓国の話です。あそこを訪ねてみたいと思って行くのが、普通の文学散歩ですね。ところが、あとからそれに気がつくということもあります。

一九九九年三月に、韓国の原州《ウォンジュ》というところに行ったんです。ソウルから高速バスで一時間半くらいで着くところで、日本人の観光客はほとんど行かないところなんです。人口は、ぼくらが行った一四年前は二〇万ほどだったのですが、現在は三〇万人のようです。かなりふえてはいるのですが、いまも日本人は行かないと思います。

韓国へはこの四〇年ほどの間にたびたび行っていて、地方の町を歩く旅をつづけていました。それでだいたい行ったの。そのときはたしか一一回目でしたが、どうしても行きたいところがあった。それが原州です。ソウルと近いし、他の町へ行くときに、通り過ぎてしまうところです。それで、今回はここかなと思った。

行ってみたら、すばらしい町でした。昔ながらの韓国の暮らしがそのまま残る町です。みんな通り過ぎるので、荒らされていない。観光客もいない。大きな古い建物のなかに市場がありまして、韓国でも他の町ではまず見かけない、すばらしい建物であり、市場でした。「地球の歩き方」などには載っていない。総勢一五人で行きました。荒川さんと行くと何か楽しいことがあるんじゃないかって。あんまり楽しくないんですけど。（笑）学生、記者、編集者など。

大阪からも四人参加で、そのなかには仕事があって三日目で日本に帰るという人もいて、さらにぼくを入れた東京組の一一人も、帰る日で三種類もある。旅の途中から、参加するという人もいる。ものすごくこまかくて、複雑な旅程。それを全部ぼくが計画したんです。

Aさんはどこから参加するの、私ね三日目から、えっ。もうみんな移動している、そのときはいなかの町に入っている、そこに、ひとりでソウルからバスを乗りついで合流することになる。そのバスの時刻も調べておかなくてはならない。大阪から三日だけ参加の人は、途中から帰国のためにソウルに向かうので、それも。しかも一五人のなかには韓国が初めてという人が多いので、韓国らしさを実感できるような町を、うまく配合しなくてはならない。というふうにして、全体のこまかいスケジュールを、行く前から練りあげるわけです。あれこれと調整するわけです。旅行中も、みんなが楽しんでいる間も、ぼくはそ

の一覧表をこっそり見ているんです、あ、そろそろこの人は、これからあれだと。（笑）

東京から途中参加の人が、予定通りに、原州のバスターミナルに着いたときは、ほっとしました。そしてまた人を見送って、旅は進むという感じです。いっしょに行った先輩に、荒川は詩人としての才能はあまりないけれど、コーディネーターとしてはすごいと言われました。（笑）「冬のソナタ」のロケ地、春川《チユンチヨン》にも行きました。ヨン様ですね。韓国で放送されたのが二〇〇二年。日本でブームになるのが二〇〇三年。いまから一〇年前です。春川に行ったときは「冬のソナタ」のかけらもないわけ、四年前だから。静かな、いい町でした。それで帰って、かなりたってからヨン様。あっ、行った行った行った春川と、おおいばり。（笑）

さて原州ですが、金史良《キムサリヤン》の代表作を収めた『光の中に』（講談社文芸文庫・一九九九年四月）が、日本に帰ったら、ちょうど出ていた。金史良は一九一四年、平壌の生まれ。一七歳のとき日本に来て、旧制佐賀高校をへて東大文学部を卒業。「光の中に」（一九三九）が芥川賞候補になり注目されました。在日朝鮮人作家の先駆となった人で、日本語で書くことの意味を問いながら、すぐれた作品を書きつづけました。五つ年下の金達寿ともこの時期に出会います。一九四五年春に中国へ行き、華北朝鮮独立同盟に参加し、終戦後、朝鮮に帰国。北朝鮮の人民軍の従軍作家として、朝鮮戦争に参加しますが、アメリカ軍の仁《イン》川《チョン》上陸により、撤退。そのさい（一九五〇年九月一七日以降とされる）三八度線から南の、韓国・原州付近で、心臓病悪化のため戦列から離れ、そこで亡くなったと伝えられています。

これを知ったぼくはびっくりです。原州なのですから。もう目がピカーっとする。遺体は見つかっていないけれど、おそらくそこで亡くなっているだろうと。帰ってからわかったのですが、また興味がわいてくる。原州に行ったときは意識しなかったけれど、そのことを知ってみると、原州の地形、風景、ただぼんやり見つめていた鉄道の駅のようすとかが浮かんでくる。原州には、やはり行ってよかったなと。少し遅れてやってくる発見。おそくなっても、それはそれでいいのですね。何か得られるものがある。

名歌・名句

リストには、短歌、俳句もいくつか配置してみました。

「海を知らぬ少女の前に麦藁帽のわれは両手をひろげていたり」。寺山修司です。同じ寺山修司では「マッチ擦るつかのま海に霧ふかし身捨つるほどの祖国はありや」がいちばん有名ですが、「海を知らぬ」も人気があります。青森でしょうか。海をまだ見たことのない少女に、少し年上の少年が、海知らないの！　海はね、こんなに大きい（と両手をひろげる)。こういうことでしょうか。女の子にちょっと年上の少年がものを教えている。楽しい、夢のある、そんな光景です。麦藁帽をかぶって頭が少し隠れているというのがまた面白いです。

「曼珠沙華どれも腹出し秩父の子」金子兜太《かねことうた》。秩父のいなか、元気な男の子たちのようです。藤田湘子「愛されずして沖遠く泳ぐなり」は「愛されず」の否定形が光ります。処女句集『途上』(一九五五)より、二〇代の作。故郷、神奈川・小田原の海でしょうか。

「朝顔の紺のかなたの月日かな」石田波郷。魅せられます。音もとてもきれいです。

「他界より眺めてあらばしづかなる的となるべきゆふぐれの水」葛原妙子《くずはらたえこ》。死後の世界から見てみると、いつもあるものも謎めいて見えるもの。心が落ち着かないときに読むと、自分の画像も焦点が合ってくる。そんな歌です。

「紺絣《こんがすり》春月重く出でしかな」飯田龍太。山国、山梨の村で生きることを選ぶ。「重く」出てくる、上がってくる月。青年の気概と、そこにとどまる気持ちの重みも伝わってきます。

「塩田に百日筋目つけ通し」沢木欣一。能登の塩田。暑いさかり、三カ月の間、海水をまいた塩田に筋目をつけつづける人たち。労働のきびしさが「つけ通し」ということばにこめられます。これからもまだまだつづく、ということですね。労働歌の名句といってよいでしょう。

河野裕子《かわのゆうこ》「たつぷりと真水を抱きてしづもれる昏き器を近江と言へり」琵琶湖のことですね。この「昏《くら》き器」は母胎をもさしているんですよね。ひろがりと深みのある名歌です。琵琶湖を通るたびに思い出します。「大年《おおとし》やおのづからなる梁響《はりひびき》」芝不器男《しばふきお》。大晦日、地方の大きな古い日本家屋がきしみます。郷里の愛媛・松野でしょうか。

俳界の巨星、高浜虚子。いろんな名句がありますが、高浜虚子しか書かないなというものを選んでみました。「ふるさとの月の港をよぎるのみ」。松山が故郷です。

瀬戸内海の航路。講演か何かの旅で、郷里・松山の港を、夜にでも通ったのではないでしょうか。ああ自分はいま九州の方へ仕事で行くのだけれど、ふるさとの港を横切っている。こういう視点はまず書かないですね。ふるさとが、左に見える。でも今日は用がない。別のところに船で向かっている。そこから松山港の灯りが見える。ああ自分のふるさとだ、しかしそれを目にしながら通り過ぎる。こういうところを歌うというのが高浜虚子のすごさだと思います。「流れ行く大根の葉の早さかな」という名句がありますね。冷たい水の流れの早さ。まるでカメラの連写で撮ったみたい。早さがきれいです。

宮崎生まれ、若山牧水の「ふるさとの尾鈴の山のかなしさよ秋もかすみのたなびきて居り」。これは宮崎の、ちょうど中央にある尾鈴山、標高一四〇五メートル。そんなに知られた山ではないですが、自分が生まれた坪谷《つぼや》の家から見える。結局「自分の庭」を歌っているという感じでしょうか。若山牧水というのは、この尾鈴の山に、ちょっと行ってみたくなるような書き方をするのね。普通のことですよ、これ。自分の故郷のこと。別に「尾鈴の山」をここで出してもらうこともないような。（笑）でも若山牧水が、なだらかな調べにのせて出してくると、不思議に吸いよせられるんです。こちらもこちらで何か振り返りたくなる。ちなみに武者小路実篤の「新しき村」は、尾鈴山の裾が切れていく南麓にあります。以上、主に地名とのかかわりで、名歌、名句から少しだけ選びました。

いまは文学というものを考えると小説だけになっちゃう。こうした簡単なリストひとつでも、小説だけにしないで、歌や句を一滴でも入れてみると、たとえば若山牧水をひとつ入れますとね、やはり九州の尾鈴山という、そんなに有名ではないけれど牧水の家をいつも見おろしていた山、牧水の生家の背後にある山、その歌い口からその辺の空気感がぼんやり伝わってくる。あるいは高浜虚子の句。月の港をよぎっていくとき、左手に見える四国の港、あちこちに島があって、その島をかきわけた向こうに、自分の故郷の灯りが見えるわけですから、そうしたものをまじえてみると、ちょっとゆたかな気持ちになれる。

小説など散文での地名の扱いは、一点集中です。横光利一「夜の靴」は、羽前水沢駅から直線距離で二キロ北にある西目という集落、そこを書きます。歌というのは、「尾鈴の山」とうたってはいるのですが、漠然とその辺の、隣りあうものに及ぶ。そういうつくり方ですね。「よぎるのみ」といったときは、瀬戸内海の風景、中国地方の南部とも言えますね、それと四国の北部。その二つが漠然ととらえられてくる。詩歌のことばは、そういう周囲のものを巻きこみながら出てくるんです。ここがとっても大切なことなんです。寺山修司の「海を知らぬ少女の前に麦藁帽のわれは両手をひろげていたり」。これも地名は特定できません。でも山のなかに暮らしていて、まだ小さくて、海ってものを見たことがない女の子に、年上のませた男の子が「海はな、こんくらいだぞ」なんて言うわけでしょう。そうすると青森や弘前といった地点だけでなく、もう少し広い範囲に及んでくる。

散文の言語は、一点集中です。事実を描くのが散文ですから、基本的には。でもその事実の周囲を、つなぎ目を見せないまま、まじえるようにうたう。それが詩歌のよさですね。詩歌と散文、その二つがそろったとき文学というものと向き合っているなと、あるいは文学の風景が完全になると思いたいところです。以上、簡単ですが、列島をひとめぐりしました。

書き下ろしの風土記

戦前から戦後の一時期まで、《新風土記叢書》（小山書店）というシリーズが出ていました。書き下ろしの紀行文です。さきほど挙げたなかの太宰治『津軽』、田畑修一郎『出雲・石見』は、この叢書の一冊として刊行されたものです。始まったのは昭和一一年（一九三六年）。日本は戦争に向かい、自由にものを発表することができない時代でした。地域の話なら、その点さほど支障はありません。当時の中堅、新人の作家、あるいは画家に、小山《おやま》書店は、それぞれの故郷に行って現代の「風土記」を書くように求めたのです。郷里のことですから、作家たちも、書きたいと思ったことでしょう。刊行状況は以下の通りです。

《新風土記叢書》一覧

宇野浩二	『大　阪』	昭和一一年四月
佐藤春夫	『熊野路』	昭和一一年四月
青野季吉	『佐　渡』	昭和一七年一一月
田畑修一郎	『出雲・石見』	昭和一八年八月
中村地平	『日　向』	昭和一九年六月
伊藤永之介	『秋　田』	昭和一九年一一月
太宰　治	『津　軽』	昭和一九年一一月
稲垣足穂	『明　石』	昭和二三年四月

森　丙午　『台　湾』　未刊
鏑木清方　『東　京』　未刊
富田渓仙　『京　都』　未刊
小宮豊隆　『仙　台』　未刊
真船　豊　『会　津』　未刊
徳田秋声　『金　沢』　未刊
里見　弴　『薩　摩』　未刊
中野重治　『越　前』　未刊
尾崎一雄　『足　柄』　未刊
田中英光　『土　佐』　未刊
中山義秀　『白　河』　未刊

『大阪』から『明石』までの八冊は刊行されましたが、その他は未刊で終わったようです。小山書店は昭和八年、小山久二郎の創業。昭和二五年のチャタレイ裁判のしばらくあとに閉鎖しました。刊行が途絶えたのはそのためです。

昭和一八年八月刊の田畑修一郎『出雲・石見』をぼくは先日、古書店で手に入れたのですが、その巻末広告に「続刊」として『会津』『東京』『日向』『金沢』『薩摩』の五冊が記されています。そのあと、『大阪』『熊野路』『佐渡』『日向』『秋田』『津軽』を閲覧し、「続刊」の状況を確認しました。それが前掲のリストです。魅力的なラインナップです。未刊が惜しまれます。

風土記の多くは生まれ故郷ですが、例外もあります。稲垣足穂は大阪生まれですが、少年時代を明石で過ごしました。里見弴の父は鹿児島生まれ。父祖の地ということになります。

『大阪』は『宇野浩二全集12』（中央公論社・一九六九）に収録。『出雲・石見』は二〇〇四年、ハーベスト出版（島根県松江市）より、『秋田』は一九八五年、無明舎出版（秋田市）より新版が出ました。これらと『津軽』を除けば、いま入手するのはむずかしいですが、どの本もいつか読んでみたいと思います。

広い地域にわたるもの

最後に、列島の「広い地域にわたる」作品を少し紹介しようと思います。エンターテイメント系の作品は自由にあちこち飛んで回るので「広域もの」は多いですが、純文学ではさほど多くはないです。以下はそのうちの、ほんの一部です。

田宮虎彦（一九一一―一九八八）の「霧の中」（一九四七）は、戊辰戦争に敗れ、父母、兄姉を亡くした六歳の男の子、荘十郎のその後の足どりをたどる物語です。どういうルートをたどるかといいますと、荘十郎は、まず村の寺に集められたあと、遠戚の老女・岡野咲《さく》に連れられ、越後高田へ。翌年赦されて、会津若松に戻り、一〇歳まで咲に育てられた。今度は咲の義理の子の土井良作に連れられて北海道後志《しりべし》・阿女鱒《あめます》で、会津降伏人に分け与えられた土地の開墾を手伝う（剣の使い方も教わる）。だが土井良作は行方不明に。三年後、また会津に帰ると、咲は死んでいた。このとき荘十郎、一三歳。咲を看取ったという絵ろうそくを商う渡辺という人（彼も会津降伏人）に連れられ、関東各地へ。ある日「荘十郎、お前は今日これから江戸へ帰るのだよ」と言われる。

阿部という小間物商の男に連れられ東京へ。で、今度は渡辺の妹婿の剣客、鎌田斧太郎に託される。斧太郎の従兄弟の版木を彫る岸本義介のところに行き、版木彫りを手伝う。剣舞をなりわいとする。新撰組崩れの谷口東作と出会い、大阪へ。旅の一座に殺陣を教える。それから東京、東北各地へ。北海道では土井良作と過ごした町を訪ね、そのあと満州へ。東京に戻り、剣術を教える。そして一九四五年八月一五日の終戦の三日後、荘十郎は東京、飛鳥山近くの駄菓子屋の二階の、三畳の部屋で病死。八〇歳くらいでした。

四〇〇字の原稿用紙で、だいたい六〇枚です。いまの社会というのは、お役所でもなんでも、施設などをつくって、たったひとりになった人を救済しようとしますけれど、昔の人たちはすごいですね。親戚の人がいたら、ああおれが預かるよ。その人がちょっと事情でだめになったら、行商の人に託す。知人に託す。おまえ、これからあの渡辺という人といっしょに行ってくれ。はい。みたいなものですよね。突然そう言われる。見知らぬ人が現れる。こういうふうに次から次へ少年を運ぶ。これはバトンですよね。バトンを手渡すようにして、ひとりの男の子の人生を、先へ先へと進めていく。かつての時代がもっていたあたたかみが感じられます。

田宮虎彦は、中学生の頃、上野の彰義隊に出陣した古老の話を聞いて、そこから構想を得たそうです。今日は見えるが、明日は「霧の中」。「一寸さきの見えぬ霧の中にさまよっている」。今日は渡辺さん、明日は岸本さんと、突然、言われるかもしれない。実にきわどい人生です。そんな人生もみんなで支える。人間の命というものの見方ですね、それがこの「霧の中」に示されている。田宮虎彦は一九八八年、みずから命を絶ちました。選集は出たが全集が出ていない。「足摺岬」「霧の中」の他にも「琵琶湖疏水」「卯の花くたし」など、いいものがたくさんあります。これからも読みつがれてほしいと思います。

国木田独歩「忘れえぬ人々」（一八九八）は知る人も多いと思います。瀬戸内海、阿蘇山麓、松山・三津浜で一瞬、見かけた人たち。いずれも忘れてもかまわない人たちなのに、いつまでも忘れられない、と。これまでにない新しい人間観、世界観が提示された名作です。

森鷗外（一八六二―一九二二）の「山椒大夫」（一九一五）は、東北・岩代《いわしろ》の信夫郡《しのぶごおり》（現在の福島市南西部）から春日、直江の浦（現在の直江津港）、佐渡・雑太《さわた》（現在、佐和田）、丹後・由良を結んで展開する陸路、海路の物語。「安寿と厨子王」です。森鷗外の文章がすばらしいです。「山椒大夫」は紙芝居や絵本にもなりましたから、子どもも読むことができます。小さいうちから、ここは佐渡、ここは丹後と、地理を知ることはとてもいいことだと思います。

芥川龍之介「芋粥」（一九一六）は、芋粥をたらふく食べたいと、京都・粟田口、三井寺、坂本、高島をへて、越前・敦賀へ。

加能作次郎（一八八五―一九四一）の「世の中へ」（一九一八）は、一三歳のとき、京都・四条の伯父を頼って家出。能登・風戸《ふと》から加賀・金石《かないわ》まで小さな漁舟、金沢から京都まで鉄路。ところが伯父は冷たい。翌日から働かされる。つらい毎日。それでも少しずつ「世の中へ」出ていく少年の姿を感動的に描く大正期の名品です。広域にわたる作品は、その土地、その土地の生活や状況を伝えてくれます。列島の広さも伝えてくれます。作者たちにも列島全体を見る意識があったのだと思います。

広域とは反対に、ひとつの町や地域を舞台にした作品だけを集めたものもあります。近年では、難波利三『石見小説集』（山陰中央新報社・二〇一〇）、野口冨士男『越谷小説集』（越谷市教育委員会・二〇一四）、黒川創『京都』（新潮社・二〇一四）など。こうした趣向の本にも惹かれます。

作品の跡に立つ

いま、文学をとりまく状況は奇妙なものになっているんです。ひとつは小説の言語というものがあまりにも幅をきかせすぎている。さきほど若山牧水や寺山修司などを紹介しましたが、散文とは異なることばが、独自の波長をもち、意識の領域を埋めてくれるのですが、詩歌の言語への理解が十分ではない。ものを説明する、ものを伝える、これが散文の基本的な役割ですね。中東でこんなことが起きました、ドイツでこんなことがありますといったことを伝えるには、断片的な詩のことばでは十分に伝わりません。翻訳されれば、どの国の人にもその内容が伝わるようにする、それが散文です。散文は重要なものです。散文があるからこそぼくらも自分の場所を知ることができる。

でもそこに傾きすぎた。そのためにすべての問題は説明がつくと思ってしまった。すべてのことには答があると。でも文学って答がない。文学部の学生でも、すぐ答を知りたがる人が多い。ほんとうは自分で考えるしかない。世界というものはすべて文章化されなければならない、そういう考えがしみ通ってきた。功利主義的な時代には、答のあるものに興味を示すことになる。散文は、理解できる。でも詩はちがう。詩は説明をしない。

高浜虚子「ふるさとの月の港をよぎるのみ」については、感じる人は感じるけれど、感じない人は感じない。しかもそのことばの底にあるのは、個人的な意識ですね。そういうことばでしか表わせない世界がある、そこのところに光をあてるのが詩歌です。ここにおられるみなさんは、あたたかい。詩の話を聞いてくださる。でもそれは、一般的なことではないです。ここでは、みなさんで異様な空間をつくっている。これ、一歩外に出ると散文世界ですからね。（笑）怖ろしい海に、屋形舟でこぎ出すみたいなものです。釘を打たれてね。（笑）

散文が発達するひとつのきっかけは一八世紀、イギリスの産業革命です。そのあと、科学が発達してくると、文学はそれまではのんびり絵空事を書いていればよかったのですが、科学はこまかくものを見る。分析する。これに文学が勝つためには、ともかくこまかく書かなくてはならない。ひとつの町のひとりひとりを全部描く、というような気持ちで書いたバルザックの他にも、一九世紀にはディケンズ、ハーディ、ユゴー、フローベール、ドストエフスキー、トルストイ、チェーホフなど、諸国に文豪が現れた。ヘンリー・ジェイムズも登場した。社会についても人の心についても、こまやかに描く。一九世紀は小説の時代になった。いっぽう詩はホメロス以来、二七〇〇年ほどの歴史がある。小説は、近代小説の起源とされるルソーの「告白」から数えると二五〇年くらいの歴史。セルバンテスの「ドン・キホーテ」からでも四〇〇年。小説はまだ若いジャンルなのです。詩が長い、長い時間のなかでしたことは、いま見えるものだけではなくて、いまはないけれど、人間のなかでいつか必要になるもの、ものとものとのあわいにあって、それが何かは説明がつかないけれど、大切なことにかかわるもの、それをことばで表わそうということだと思います。異様ですよね、普通に考えたら、これは。でもそうでしょうか。

近年、芥川賞を受賞した最前線の作家たちが、すぐれた詩集を次々に出しています。町田康、辺見庸、川上未映子といった人たちで、小説も書き、詩も書く。しかもどちらにも重きを置くという活動です。詩のことばは、散文とはちがう何かを確実に担っているのだと思います。

いつだったか、学生に「適当にレポートを書いてください」と言ったら、三〇〇人くらいの大教室でしたが、授業が終わると、学生がやって来た。けわしい顔なので、ぼく何されるんだろうと思ったら、「すみません、適当って何枚ですか」。(笑) 適当っていったら適当でいいよね。きちんとした枚数がわからないと一歩も歩けない。だから目の前にとてもだいじなことがあっても判断ができないということになります。

阪神・淡路大震災のとき、市立病院にお医者さんがたくさんいたにもかかわらず、市からの指示が来ないので、動けなかったという事態。おかしいでしょう。そういう人間をつくってしまうんです。目の前に怪我をしている人がいたら、市の連絡がなくても、自分たちで動くということにはならなかった。そこでずっと待っていた。おそらくそのために救助されなくて犠牲になった人たちもいる。NHKが報道しました。つまりそういうタイプの人間がふえている。目の前で何が起きるかわからない、その意味では、この社会、この現実は、そういうものばかりでみたされている。そのなかでもきちんと生きなくてはならない。未知数のものに対しても姿勢をとれる。説明のつくものだけを自分が受けとめるのではなくて、明確でないものについても対応できる力、それが、実はぼく自身のなかからもどんどん失われている。他にもあるけれど、詩歌のことばというのは、いま失われたもののとのかかわりが深いのだと思います。リストに詩歌を入れたのも、そんな気持ちからです。

さて、文学散歩は、文学愛好者が、あちこちを歩き回るものではない。ひとつの意識をもって出陣するというか、何かこの時代とたたかうような、戦士になるような、そういうものになってきたのではないか。文学そのものから人が遠ざかる。文学散歩は、その文学についての散歩ですから、さらに遠ざかります。毎日、文学散歩をしたら疲れますが、(笑) そのあたりをちょっと歩くだけでも、青汁をのむときとはまたちがう (笑) いいものが、自分のなかに生まれてくるような気がします。

高見順は「東橋新誌」という戦時中の小説のなかで、こんなことを書いています。これを結びにします。「東橋」は、「とうきょう」と読みます。浅草の吾妻橋の旧称です。『高見順全集』第二巻 (勁草書房・一九七二) に入っています。戦時中のようすを映し出した小説です。

珈琲店に入ると、珈琲と干柿しかない。だから入ったとたんにウェイトレスが、客に「コーヒーか干柿に成りますけど」と。妙なとりあわせ。戦時だから出る品はこういうもの。そういう時代です。

でも人間は物がないときも不自由なときも、いろんなことを考える。いつもなら考えないことも、考える。詩文の跡地に立つ、人間の気持ちとは何かということについて、こう書いています。

　実際の風物に接して、そうして風物をうたった詩文を想い浮べ、感興を深めるというのではない。詩文を通して風物を想い描き、そうして初めて、それまで実際の風物に接しても感じなかった興趣を覚え、そのことから実際の風物へと惹かれて行く。

風物と詩文の関係は、これだけではないかもしれないにしても、あまり書かれなかったことが書かれているように思います。不自由な時代だからこそ、人間の意識や行為の根本へと、思考が向かう。その情景です。文学散歩の成果を記す文章は多いですが、文学散歩について考えをめぐらす文章はとても稀だと思います。

文学散歩ということばは、戦後、一九五〇年代に、福岡生まれの詩人、評論家の野田宇太郎（一九〇九―一九八四）が使い始めてからひろがりました。それ以前にもあったことばですけれど、文学紀行、文学散歩をひとつのジャンルとして定着させたのは野田宇太郎です。

一九五〇年代は、戦争が終わり、復興も進んで新しい時代に。近代文学の遺産とみられる建物がどんどん壊されていく。そんななかで野田宇太郎は、文学散歩を提唱したんです。『新東京文学散歩』（日本読書新聞社・一九五一、講談社文芸文庫・二〇一五）から列島全域に及ぶ文学紀行がスタート。日本人のひとつの旅が始まったのです。そのことも忘れずにいたいと思います。

ということで、これで終わりますけれども、ぼくは一〇分後にすぐそこの芥川龍之介旧居跡に行きますので、行かれる方はごいっしょください。長時間、ありがとうございました。

（二〇一三年六月二日／東京・田端文士村記念館）

III

「少女」とともに歩む

　こんにちは。こういう機会を与えていただき感謝しております。今回の「夏の文学教室」のテーマは「私が選ぶ20世紀日本文学――伝えたい名篇・すすめたい佳篇」ということですが、私は結城信一の「文化祭」という作品を選びました。結城信一は広く知られている作家ではありません。この会場には五三〇人ほどいらっしゃるということですが、結城信一の作品を読んだことのある方は五、六人かと。（笑）結城信一は生前、一三冊の本を出しています。そのうちの一冊でももっている方はさらに少ないでしょうが、個人的に興味のある作家のひとりなので、この機会に語ってみたいと思います。

　とはいえ、講演の最初の二、三分というのは何をしゃべっているのかわからない、自分でも。最初の二、三分はどんなに熟練の講師の方でも、頭はほぼ真っ白。聴く方もね、はあ、みたいな。話す人も、どういう話をするか、二、三分間のえも言われぬ時間のなかで、はじき出すのだと思います。（笑）文学の話に入る前に、野球のことを話します。
ぼくは野球観戦が好きで、特にプロ野球、最近も面白いですね。オールスターが二戦終わりまして、今日第三戦らしいのですが、清原という選手、人気がありますね。ホームランを打ったら当然拍手、三振しても場内がわく。たしか、あの方はこれまで打点王も本塁打の方も打率の方もタイトルをとっていない。でも、大変な高給をおとりになる。しかしながら、最近は代打だという。ホームランか三振か。それだけではなくて、清原が出るとみんな、わくんです。イチローと同じくらいの拍手。でも清原さんは、いま打率二割ほどですよね。（笑）打席数も少ない。なぜあんなに拍手があるのか。これまでのプロ野球でこのような異様な拍手をもらった人というのは、あまりいないように思います。
昨日たまたまスポーツライターの永谷脩さんと話をしていて、「清原、どう分析したらいいですかね」「いやぼくにもわかりません」って。おそらく、みんなよくわからないいま応援しているんです。ぼくも、何であんなところで清原を出すんだ、甘やかして、と思いながら、出てこないと「清原出せ」って途中で思う。（笑）不思議な人気ですよね。イチローという人もすごい。打席に立って、剣士って感じ。いま夢の四割に挑戦しております。人気と実力をそなえたイチローと、人気の清原。（笑）
野球場へ行くと面白いですよね。ちょっと話が長くなりますけれど（笑）数年前、近くの西武球場に西武・ロッテ戦を見に行きました。始まって三〇分くらいたったところで、六〇は過ぎたおじさんが紙袋とビールをもってやってきて、どんどん野次をとばす。フランコという選手が出ると、「フランコ、ブランコ!」。その野次がけっこうヒットするのですが、あるとき一塁から二塁へランナーが走った。それで二塁のところでアウトになった。キャッチャーがすばやく投げたから。そのとき、おじさんが、隣りにいたぼくに「はは、大毎の谷本もねえ」って小声で言うんですよ。「大毎の谷本??」。(笑)その教養というのでしょうか、知識というのでしょうか。大毎オリオンズって、はるか昔の球団です。谷本と同じという意味でしょうが、何がどう同じか。男というのは不思議なもので、野球のことなら知ってるという顔をしなければならないですから、ぼくも「はい、ねえ」みたいなね。(笑)

当時からぼくは特にパ・リーグを見ていましたけれど、野村とか張本とか本屋敷とか中西とか山内とか葛城とか榎本とか、花形選手がいっぱいいました。なぜここで大毎の谷本の話が出るのか。谷本稔という選手は、昭和三三年から昭和三九年までオリオンズにいました。いまの千葉ロッテマリーンズの前身です。通算打率は二割五分七厘、通算安打七〇八。打順は七番か六番。そこそこ活躍。でもなぜあのシーンに関係があるのか。おそらくキャッチャーで強肩、球が速かった。でも特別とは思えない。なぜそのことが、三〇年以

上も前の選手のことが出るのか不思議。不思議だけれど面白い。(笑)
ここから文学の話に入るのですが、プロ野球を楽しむファンの人たちというのは、ほんとうによく知ってます。それがもう、普通なんですよね。地味な選手のことでも、あれがそうだったねって、隣りのぼくに言ってですね、ぼくもわかった顔をしなくちゃいけない。そういう世界をつくりあげる。つまり記憶というものがあるわけですね。野球のなかで、イチローや清原にも興味をもつけれども、何かのときにはポロっと、いろいろと他にも出てくる。記憶の多様性といいますか。そういうものを見ていますと、ではいまの文学は一体どうなっているのだろうと考えてみたいのです。
いま読者に人気のあるのは、相田みつをという人なんです。(笑)大江健三郎さんも村上春樹さんも健闘なさっていますけれど、基本的には相田みつをの詩集なんですよね。ここから歩いて数分のところに相田みつを美術館もあります。「つまづいたって／いいじゃないか／にんげんだもの」とか「しあわせは／いつも／じぶんの／こころが／きめる」とか。最後に「みつを」って付いて。いまや読者五〇〇万とも言われている。その詩は、意味がすぐわかる。武者小路実篤の詩より、早くわかる。ご家庭に行きますと、壁とかトイレのなかに、相田みつをのカレンダー。(笑)あれを見ていますと、ああ今日も一日がんばろうかなと、即効薬みたいに効くわけです。みんな疲れている。ことばというものに疲れているので、すぐわかることばで、そのときだけでも慰められて。「つまづいたって／いいじゃないか／にんげんだもの　みつを」、これでいいかな、がんばろうかな今日も、ってぼくも思いますもんね。（笑）人は誰もが悩みをもちつづけるもの。癒されるということはおそらく生涯ないんじゃないかと思いますが、いまはどうもそういう単純なことばにしか反応しない。だからちょっと奥まったことば、とりわけ純文学の文章というのは敬遠される。

第三の新人

ようやく一一分たちまして、結城信一の世界に入っていくわけです。（笑）結城信一は一九一六年東京の生まれ。一九八四年、六八歳で亡くなりました。「第三の新人」のひとりで、一九五五年八月、三九歳のとき、最初の本『青い水』を出します。以下、小品集、エッセイ集を含めた著作の一覧です。

『青い水』　一九五五年八月　緑地社
『螢草』　一九五八年一二月　創文社
『鶴の書』　一九六一年三月　創文社

『鎮魂曲』	一九六七年一月	創文社
『夜明けのランプ』	一九六八年八月	創文社
『夜の鐘』	一九七一年三月	講談社
『萩すすき』	一九七六年一〇月	青娥書房
『文化祭』	一九七七年三月	私家版
『作家のいろいろ』	一九七七年五月	青娥書房
『空の細道』	一九七九年七月	六興出版
『石榴抄』	一九八〇年二月	河出書房新社
『不吉な港』	一九八一年七月	新潮社
	一九八三年一〇月	新潮社

「第三の新人」とは、戦後文学の第三波というべきもので、遠藤周作、安岡章太郎、吉行淳之介、小島信夫、庄野潤三、近藤啓太郎など日常生活を基点とする小説を書いた作家たちです。昭和二九年前後に芥川賞を受賞、あるいは候補になった一群の作家を指すのですが、結城信一は「第三の新人」では読者に恵まれていない作家かもしれません。

三〇代の終わりで最初の本がようやく出る。四〇代はちょっと不振。五〇歳のとき創文社から『鎮魂曲』を出します。帯は山室静。北欧文学者で批評家の人です。「作家にはいつも人生の大きな問題と取組んで騒がしい音をたてる人があり、また好んで身辺些事に眼をとめてさりげなく語るタイプがある。そんな言はば小さい作家の小さい作品に屢々《しばしば》私たちが深く心を動かされる」ことがあるとし、「見かけはあくまで燻銀《いぶしぎん》のやうに光を沈めて典雅な中に、時に思ひがけぬ花やぎで燃え上るもの、パセチックな慟哭を迸《ほとばし》らせるものがあるのは、氏が熱い浪漫家の夢を心の奥に秘めてゐて、しかもつねに死と隣り合せで住んでゐるからであらう。一行一行を遺書のつもりで書くことはこの作者の戒律であるらしい。この寡作の良心的作家の久しぶりに世に問ふ作品集が、少しでも多くの人の眼にふれることを願はずにはゐられない」。

五〇歳を過ぎてこのような手厚い推薦文をもらわなければならないのは、ある意味でちょっとさびしい感じもします。これが四冊目の本ですが、それくらい地味な存在でした。

一九八〇年、六三歳のとき、『空の細道』が河出書房新社から出て、第一二回日本文学大賞を受賞。これは大きな賞でして、受賞のとき、朝日新聞の「ひと」欄に登場。よかったなあ、すごいなと思いました。その四年後に亡くなりました。吉行淳之介さんと私が、追悼文を「新潮」に書きました。一九八五年一月号です。最後の『不吉な港』のひとつ前に出た『石榴抄』は、会津八一のそばにいた女性のことを描いたもの。ぼくが確認したかぎりでは第五刷まで増刷された。でもこれを除くと目立った話題作はありませんでした。

結城信一が残した一三冊の本を、造本の面から見てみましょう。いま文学書は並製でも上製でも、カバーを付けるというかたちが多いですが、結城信一の一三冊の本を、刊行順に、カバなのか、それとも函（貼函・機械函など）に収めるのかで見てみますと、カバー装、函、函、函、函、函、カバー装、函、カバー装、カバー装、函、函、函。よろしいでしょうか。（笑）結城信一は晩年まで、函の本がある。いま函入りの本って、ほとんどない。結城信一の本はいつもしっかりとした造本だった点で、とても恵まれた方だと思いますね。函多き人。

活字のようすはどうか。最初の『青い水』から最後の新潮社の本まで、すべて活版印刷。終生、活版だったという人はこの世代の作家にはほとんどいない。その意味でも、しあわせな作家でした。鉛活字を職人さんがひとつひとつ拾って組みあげる活版印刷。大変な手間がかかるが、活字に重みと格調があります。鉛活字の一字一字が紙に食いこんでいる。かつてはほとんどの本が活版でした。最後の『不吉な港』が出たのが一九八三年、亡くなるのは一九八四年ですが、その頃、いまから一五年くらい前から文学の世界が大きく変わったと思います。

活版が消え始めた。稀少なものになった。植字の職人さんたちもいなくなった。このあたりで文学のひとつの時代が終わったかな、と。函も消え始めました。文芸書は様式、外側の装いの面でも、なかみを支えた。いろんな人たちの手で、段階をへて、しっかりつくられたものだから、みんなでしっかり読むんだよ、というようなところがなくなったように思います。

少女との時間

『文化祭』という作品集は、一九七七年五月に青娥書房から出たのですが、なかなか結城信一の本は、出版社がつくりたがらない。で、この直前に、実はご自分で印刷所に出向いて、まず自費出版しているんです。同じ『文化祭』というのを出した。

部数は、二〇〇部だそうです。それがどこの印刷所に行ったと思います？　精興社です。ぼくなんか本を手にすると、印刷所はどこかってまず最初に見るんですよね。ぼくもいろんな人たちの詩集を二五〇冊、この二五年間につくってきましたが、印刷所を見るんです。精興社は、活版の印刷所のなかでは、もっともきれいなものをつくるところで、しかも独特の書体。精興社で本が出せたら死んでもいいって思う人もいるくらいです。ぼくは二年前にある本を、みすず書房から出しましたが、印刷は精興社でした。精興社の活字なら死んでもいい。ここで生きていますけれどね。(笑)きれいなだけに、値段は……。でも結城信一は、精興社に依頼した。その『文化祭』の「あとがき」によると、精興社の中村勉、綱島豊の二人が担当とある。実はぼくも二〇代の初めに、どうせ出せないとは思いつつ、詩集の見積もりを問い合わせたことがあるんですが、そのとき中村さん、綱島さんから返事をもらいました。同じお二人だと思います。その精興社にお願いをして、結城信一は正字、旧仮名づかいで、本にした。ことばや活字について厳密で美意識のある方です。伊藤信吉とともに新潮社の『室生犀星全集』の解題を書いたり、室生犀星『かげろふの日記遺文・津の國人』（角川文庫・一九六七）の解説なども書いています。こまやかな仕事をする人でした。

ぼくが結城信一の本に出会ったのは大学一年のとき。『鎮魂曲』という本が書店にありまして、さきほどの山室静さんの帯がついていて、あ、知らない作家だなと思って買いました。四二〇〇円でした。地味だけれど、ちょっと不思議な空気をもった本だなと思いました。

同じ頃『鶴の書』という三冊目の本も買いました。たまたま新宿駅ビルの山下書店が「アルプ展」というのをやっていたのです。「アルプ」は創文社から出ていた、山の雑誌です。結城信一はそこによく書いていたので、結城信一の著書も並んでいた。毛筆の署名入りで『鶴の書』が定価のまま二九〇〇円で売っていた。すぐ買いました。あと五、六冊買っておけばよかったです。いまは高い。神田では署名入りでなくても二万か三万しますよね。現物がとにかくないわけですから。あのときに……。でも当時の二九〇円は安くはない。ぼくはまだ学生ですから、お金がなくて、いなかに電話をかけて、父親に金送ってくれって、そういう状態ですから、そのときの二九〇円はいまの二〇〇〇円くらい、いやもっと高い感じかな。

今回、結城信一の小説を、ずっとですが、読み直してみました。そしていくつかのポイントが見えてきました。結城信一の短編の主人公は、明確であるということです。ほとんどの作品に、ひとりの少女が出てきます。だいたい、二三歳どまり。二四、二五、二六、そして三〇歳ともなると、結城信一の世界には出られません。（笑）「西瓜」という作品が小品集『夜明けのランプ』にあります。そこでめずらしく、おばあさんが出てくる。びっくり。へえ、結城信一は、おばあさんも書くんだと。このおばあさんはよかったですよ。「私」が学生時代に、どこかの海岸に来る。みんなは海で泳いでいるけれど、自分にとって夏はない。さびしい。結城信一は二歳のとき小児麻痺になり、以来足が不自由でした。運動会のときも見学。それもあってさびしい時間を過ごしたこともこの作品の背景にあるように思います。さて、ひとりでぼんやり。西瓜がすごく好きだったので、海辺の家で、西瓜を毎日眺めている。西瓜が、友だちのように見える。その西瓜は、西瓜売りのおばあさんが運んでくれるのです。おばあさんは脇役ですが。
そんなわけで、ヒロインはほとんどが少女、あるいは二三歳どまりです。で、この女性たちがとにかく「私」の前にふらりと姿を現すのです。同じ『夜明けのランプ』の「羽衣」という作品では、高原を散歩していますと、どこからともなく小鳥のような声が聞こえてきます。おや、あれは何だろうと思うわけです。すると少女がふわーっとやってくる。
風がすごかったみたいなんです。風が烈しくて、「私の細い軀は、ふたたび独楽のやうにぐるぐると廻りだした」。そのときにですね、女の人が出てくる。そして「あんまり強いんで、石ころが飛んできて、脚にぶつけられてしまったわ」と言う。いきなりですよ、いきなり若い娘。（笑）そして二人が何気なく話をする。そのときに天女のような女の子が、スケッチブックでも入っているらしい平たい四角の紙袋をもっていて、紙袋を急に頭の上でぐるぐる回した。それからの反応がすごい。「私」は思う。「こんなふうに、あなたは、ぐるぐる廻されてゐたのよ、とでも言ひたいのだらうか?」。あなたはさっき風でこんなふうに回っていたのよって、そんなことをわざわざ紙袋で知らせる娘さんは、いないでしょう。（笑）
そういう少女が、五〇歳か六〇歳くらいの主人公のアトリエとか書斎に、後輩の妹さんみたいに出てくる。普通そんなきれいな人がね、突然「おじさま」なんて言って入ってこないでしょうが。それが結城信一の小説を読むとね、入ってくるんです。ああ、また始まったな、とこちらは思うわけです。「先生のお家、静かすぎるわ」とか「暗すぎるわ」とか言われると「どきっ」。ちょっと色っぽいようなことばがあると、あ、あのときの少女と似ている、これは、いつかどこかで聞いた声だなとか思う。何か若いときに「私」にはそういうことがあったらしいんですね、一四、五歳の少女との思い出が。そういう記憶が重なりあって、奇特な情景をつくっていく。これがひとつの特徴。でも何もない。その女性とは何もない。そのひととき自分の心が乱れ、おののくということなんです。その娘さんが何か言うか、言う気配をみせるだけで、あれは「私」のことだと思う。(笑)もう胸がふさがって、どうにもならなくなり、尋常ではない疲れをおぼえて、うなだれる。いやあ……。(笑)

もうひとつの特徴は、珈琲です。結城信一の小説を読んでいますと、珈琲の出番が多い。「ご注文は」とウェイトレスが聞くと、「熱い珈琲をひとつ。うんと濃いのが、ほしい」と。結城信一はお酒をのまなかったようです。珈琲については詳しい。たとえば「流離」(『青い水』)では、昭和一七年の新聞記事の切抜きを引き出します。「珈琲豆の不足から最近各種の代用珈琲が流行、甚だしいものはビワ、ブダウの種やドングリ、ミカンの皮ばかりの珈琲が純珈琲の値段で売られてゐる実状にかんがみ、農林省では大日本珈琲卸商組合聯合

会に命じて」と、こんな記事まで。（笑）

とにかく熱くて濃い珈琲で気持ちを鎮める。それが「私」の習慣なのです。そして何かの風景や人の声、気配に自分の死を感じて怯えたり、あれはどこかで見たことがある、もしかしたら何々ではという場面も多い。それがひとつのリズムをつくる。不思議な小説ですね。

めまい

ということで、三一分経過したところで「文化祭」に入らせてもらいます。（笑）この「文化祭」（「群像」一九七四年一〇月号）は、そのような結城信一の世界を象徴的に表わした作品です。「私」は五九歳の英語の教師。文化祭で高校三年の磯貝邦子という、きれいで知的な、先生たちからも、ああ、なんて思われている人に目をつけます。心の通い合いだけを求めるわけですけれど。あの子に文化祭で何か朗読してもらおうと。すると上司が「私」にいう。去年も磯貝邦子が朗読したんだよ、今年もやることないだろう、と。「私」はどきっ。自分の心が見すかされたかと。

結局、夢はかなえられて、「カナリヤ」というマンスフィールドの小説の一節を磯貝邦子が読みます。「私はあの子を愛してゐました。どんなにか愛してゐたことでありませう」。

いまぼくは磯貝邦子になっています。(笑)「家もあり、庭もありますが、それらはどうも自分には、満足がゆかないのです。花は、不思議なことに、私と感じ合ふことはあるのですけれど、思ひ合つてくれることはないのです」……。文化祭のステージで磯貝邦子が朗読するの。それを遠くから先生の「私」が、じーっと暗い恋情にかられながら見つめる。ああ、五九歳。(笑)

ところがですね、「私」はことばに敏感でしょう。それで、この「花は、不思議なことに、私と感じ合ふことはあるのですけれど、思ひ合つてくれることはないのです」というくだりで、ああ、すでに彼女には誰か思い合う人がいるのではないかと思い、急に邦子が自分から遠ざかっていくように感じられる。その場面の一節です。

天井から淡黄色の光輪を落してゐる照明の中央で、邦子はさながら一本の花のやうでした。まさしく、花そのもの、でした。

しかし、やがて奇異なことが私の心中に、思ひも寄らぬかたちで起つてきました。私が受止めてゐる感銘とは裏腹に、邦子は私から遠のいてゆき、手の届かぬ存在となり、既に誰かと「感じ合ふ」だけではなく「思ひ合つて」ゐさうな疑ひに、私は急に捉はれはじめたのです。

自分の思い通りになった。見ることができた。夢に見た、邦子の「カナリヤ」。でも「私」はとても疲れている。喫茶店に入って「熱い珈琲をひとつ。うんと濃いのが、ほしい」と。そして「重い眩暈《めまい》をおぼえてきました」。「此処のところで、終つたな」。このようにして幕を閉じるのです。

結城信一の小説の多くは、この「文化祭」のようなかたちをとります。主人公と少女が登場。心を通わせたいという、その空気のなかにいたいという、暗い恋愛の情がきざします。しかし恋はいつもそこで止まるのです。めまいです。珈琲を飲みます。そのあとまた、めまい。（笑）そうすると結城信一の作品は終わっているのです。読んだぼくも何か終わったような気持ちになります。（笑）はかない、甘い、内容的にうすいと批評家には見られてきました。でも少しずつ結城信一の世界は深まっていました。

『空の細道』の一編「梢」（「文藝」一九七八年七月号）は、「太陽が黒松の梢に最も近い時刻を、私たちはひとつの約束にしてゐた」が書き出しです。「私」が公園で会う女性は「とても二十三の娘とは見えない」とあるので、ここも二三歳ですね。（笑）もうひとり、老人が出てくる。男二人がぼんやり会話をかわす。そして老人が、梢の上にある巣を見上げて、大きな木の幹を抱くんです、最後に。「老人は両腕をひろげると、突然、幹に抱きついた。……樹を抱く、といふ感じには見えなかった」。淡い交わりを深く描く。『空の細道』は、結城信一の世界がよく示された作品集です。

その翌年に出た『石榴抄』は、おとなの女性心理に深く分け入ったもので、結城信一でなくては書けない作品だと思います。

でもぼくはその小説の面白さは、むしろ内容のあるものよりも、やっぱりずっと書かれてきた、はかない、甘い、珈琲、めまい、珈琲。（笑）こっちのほうにあるようにも思う。内容的にはあまり深みがないように思える。自分自身が崩れていくという小説ですからね。読者は冷静に読んでいるのですよ。いままた作者が崩れていく、止めようがない。（笑）ところが文章は端正。とてもいい文章です。すみずみまで神経の届いた文章です。甘美なことを書いていても一字一句おろそかにしない。原稿用紙に細筆で清書という人です。こういう作家は、いまどきいないです。文学的な内容があって、それにひきずられて文章が生まれるというものではない。結城信一の場合は少しちがう。文章に、文章を書く意識のほうに重心がある。

これはどこかで見たことがあるな、と思います。明治とか大正の文学で、たとえば岩野泡鳴なり二葉亭四迷なり、あの時代の小説家はすごい文豪だと思われるでしょう。たしかに文豪。でも読んでごらんなさい、何これ、こんなのでもいいの、という小説もある。

（笑）いまの人はうまいです。いろんなことを書きこんで。しかもそれぞれに内容とかみあう文章。昔はね、もうみんな教養がものすごい人たちですよ。そして魂、情熱がある。人生にうちこむ姿はほんとうにきびしいわけです。文章もきちっとしているの。ところが内容が、あれ、これでいいの。どこが文豪なの、というところもありますね。

結城信一という作家は、戦後の文学にはあまりかかわらなかった人です。明治・大正の文学の、まだ立てつけの悪いものを受け継いでいる。文章の方はこれ以上行かない状態まで深まっている。なかみの方は、珈琲、めまい。（笑）で、その単調さ、成長のなさ、あるいは甘さと言いますか、それがずっと持続する。文章と内容がつながらない。これを、やっぱり一流半の人かなと思う向きもあるかもしれない。ぼくはそう思わないのです。このアンバランスが面白い。こういう文学作品を読んでいきますと、文学というのは何だろうかということを考えるわけです。あまりこういうことをね、考えさせるものはない。文学に殉じたという感じの人。なのにバランスが悪いのです。普通は、文章も内容も少しずつ変わっていくものです。少女にそういう気持ちを抱くのであれば、三〇代はそうだとしても四〇代、五〇代は少しちがってくる。でも結城信一には、そのような変化はなかった。

そうすると逆に、「文学」そのものが切り取られて見えてくるわけです。そこまで一生をかけさせる文学というものは、いったい何なのだろうと、ぼくは結城信一の小説を読むたびに考えます。この問題はもう少しほんとうは深めて語らなければならないわけです。しかし時間はあと一七分しかございません。(笑)それで、こんな話をしておきたいと思います。

純正ではあるが、どこかにゆるみがある。そんな小説は、では読者の心をとらえなかったのかというと、そうではない。戦後の一時期、結城信一の小説は純文学の文芸誌に登場し、それはかなりの数にのぼっています。戦後の復興とともに、新しいけれども、知恵と力にまかせて、ざらざらした小説が書かれていくなかで、結城信一の作品は、風に飛ぶように淡くてはかないものだけれども、ひとりの人間が書くものとしてたしかなものであるとの印象を与えたと思われます。時代の風圧にたえて自分らしさを保つこと。ロマンをもつこと。それが少女の登場という設定を変えなかったことにもつながるように思われます。文章を変えない、というところを大切なことと見た人もいると思います。そこにわずかでも固定的な読者が存在した。

結城信一の小説は、時流に合わせては生きられない、当時の青年の気持ちとつながっていた小説、かたちを変えた「風俗小説」だったとも言えます。結城信一の小説は本人が思うほどには孤立したものではなかったのです。

女性が出てくる作品の他にも、いいものがあります。『鎮魂曲』に収められた「インドネシアの空」（「群像」一九五八年一一月号）は、戦時中の話。インドネシアからの留学生の心理を、教師の立場から見つめたもので、いま読んでも感動があります。父親の情愛を描いた「柿ノ木坂」（『螢草』）なども胸に迫るものがあります。心がかげるときも、その文章のように、しっかりと歩く。そこに作家の生き方があったのだと思うのです。

批評家の矢部登は、結城信一のことなら何でも知っている、すごい読者です。『結城信一抄』『結城信一の青春』など、もう三冊も結城信一についての著書がある。横光利一の研究で知られる保昌正夫には『牧野信一と結城信一』という本があります。「信一」が二人ですね。熱心な人がいるなあと。文学がしっかりと記憶されているという感じがします。

全集の歳月

この五月に日本近代文学館から館報が送られてきて、その下の欄の広告を読んで、びっくりしました。近く『結城信一全集』（未知谷）が刊行されるとのこと。全三巻だそうです。うれしいニュースです。

それでこの機会に、没後何年で全集が出たかというのを調べてみました。生前に作品集、選集、全集が出る例もありますが、本来は全貌がわかる没後です。亡くなってから何年後に決定版（あるいはそれに近いもの）の全集が出たか。

夏目漱石は、一九一六年に亡くなって一九一七年に出ていますから「一年」です。岩波書店が一四巻を出す。以下、特に順序をつけず挙げてみます。

森鷗外、一年。樋口一葉、一年。芥川龍之介は四ヵ月後、全八巻。早いですね。谷崎潤一郎、二年。梶井基次郎、二年。石川啄木、七年。広津和郎、五年。三島由紀夫、三年。川端康成、八年。伊藤整、三年。阿部知二、一年。室生犀星、二年。高見順、五年。太宰治、没後数ヵ月で一八巻が出ましたが一五巻で中絶し、決定版は四年。尾崎翠、八年。深沢七郎、一〇年。幸田文、五年。色川武大、二年。黒島伝治、二七年。

梅崎春生には「幻化」(一九六五)という、すばらしい名作がありますね、いまは講談社文芸文庫に入っています。ぼくは高校時代に読んで、あっ、もう文学者になりたい、と思いました。でもこんな人にしかなれませんでした。(笑)梅崎春生は「幻化」を書いて、すぐ亡くなったでしょう、すぐに新潮社が全集を出した。「一年」です。梅崎春生の全集はぼくにとっても大切な全集です。

特に早世した作家については、いまのうちに出して後世に伝えようという人たちの気持ちがあるのだと思います。宮沢賢治は「一年」で出ました。昭和八年(一九三三年)に亡くなって昭和九年にもう全集全三巻が文圃堂《ぶんぽどう》書店から出たけれど、ほとんど売れなかった。売れたのは数十部ほどとも言われています。生前の宮沢賢治は無名だった。でも草野心平らの努力で、没後一年に全集をつくったというのはすごいことです。この全集が後世の評価につながった。

安部公房、四年。小林勝、四年。吉行淳之介、三年。遠藤周作、三年。「一年」というのが消えていきます。やっぱり三年ぐらい、しかも版権の問題とかいろいろとあって複雑になってくるので、すぐには出さないということになる。黒島伝治の全集は、二七年後に出されたものですが、文学史的に見てもとても価値のある全集です。

結城信一の場合は一六年という歳月がかかりましたけれども、いま作家の全集が出るというのは、出版事情を考えると、とても稀少なことだと思います。結城信一の作品では、「湖畔」が筑摩書房『現代文学大系』の第六五巻（一九六八年五月）に入りました。これが文学全集に収録された最初で、そのあと小学館の『昭和文学全集』に「空の細道」が収められるなどいくつかの例はありますけれど、文学の読者であるということを心がけて読んできたものとしては、全集が出るよろこびはひとしおのものがあります。

文学の対話

『白楽天詩集』（武部利男編訳）が、平凡社ライブラリーで出ています。白楽天は、唐の時代の大詩人ですけれども、「長恨歌」とかね。武部利男は全部、ひらがなかカタカナで訳しました。とてもすばらしい訳です。いまから読むのは「題潯陽楼」。一六行の詩の冒頭の四行です。人名・地名はカタカナです。他は、ひらがな。わかちがきでリズムをつくっています。題は「ジンヨウの　たかどのにて」。

いつも　すき　トウ・エンメイ
ぶんがくの　たかく　ゆかしき
いぶかしや　イ・オウブツ
うたごころ　きよく　のどやか

白楽天は、大先達である陶淵明を心から尊敬していました。そして韋応物という、同時代のちょっと年上の詩人のことも敬愛していたようです。「ぶんがくの　たかく　ゆかしき」、いいことばですね。「いぶかしや」のところの字は「恠《かい》」です。十分にようすがわからないのに、とても心ひかれるという意味。イ・オウブツの詩の魅力を述べているのだと思います。これを「いぶかしや」と訳した。二つとない、いい訳語です。

経済第一の時代、こうして文学の話をするのは肩身の狭い感じになってきました。正直に言うと、いささか気恥ずかしいのですが、ぼくはこんな時代になっても文学が好きなんだと思います。文学に関係のあることでしたら、活字や記事を見ると吸いよせられます。今年（二〇〇〇年）一月二九日、乾信一郎《いぬいしんいちろう》さんが亡くなりました。九三歳でした。子どもの頃よくラジオで聞いた連続放送劇「コロの物語」の脚本を手がけました。翻訳家でもありました。

五月六日には岩倉政治《いわくらまさじ》さんが亡くなりました。九七歳。新聞に載っています。農民文学、「村長日記」他と。稲が熱くなると書く「稲熱病《いもち》」。芥川賞候補となった昭和一四年の作品です。プロレタリアの作家で、農民文学で知られた人ですが、また読んでみたくなりました。戦争に入る頃の富山の農村を描いた篤実な作品です。『波音』（新日本出版社・一九八六）という作品集もあります。どんなことでもいいのです。文学にまつわるものなら目が行きます。少ない文字でも、その文字をしばらくじっと見つめてしまいます。

鶴見俊輔、加藤典洋、黒川創の共著『日米交換船』（新潮社）で、鶴見俊輔が、大鹿卓《おおしかたく》の「驢馬」という小説が面白いと話している。これだけでわくわくする。大鹿卓は詩人の金子光晴の弟で、お兄さんがあんまり詩がうまかったので詩をやめちゃったんです。そのあと「渡良瀬川」などの小説を書いた。「驢馬」という作品は知らないので、これから探すところです。これからはあまりそういうふうに、昔のものを読みたくなる人はいなくなっていくのかなと。ほんとうはみんな、その人その人の記憶があるように、読書の方法も方向もそれぞれ別のものであるはずなのに、関心も記憶もひらべったくなって、世間に合わせるのではない、その人だけの読書、その人にしか味わえない読書の世界がなくなっていくようです。そしてぼく自身もそういう場所から離れていくのかな、というふうにも思うわけです。

でもこの間、こんなこともありました。二年前の本のなかで書いたことなのですが、大学のときのぼくの教え子がいまして、彼は学生の頃からものすごく本を読んでいました。卒業して四、五年あとに泊まりがけでぼくの家に来ました。二人で午後三時から翌日の朝の五時まで、一四時間話しっぱなし。前田晁《まえだあきら》、秋庭俊彦、斯波四郎《しばしろう》のあたりから始まり、紙の銘柄、紙のキロ数、精興社の活字のこと、どんどん出てきて、この時間に日本中を探してもやっていない話題ですね。「結城信一とは何か」。（笑）なんでも自由。

ここぞとばかり出てくる。「話す以外には、何もしない」という一四時間でした。一四時間も、文学の話をやってごらんなさい、すごく面白いですよぉー。（笑）あっちょっと待って、あの本はここにあるな、ちょっと待って、精興社の活版といえば『高見順日記』がそうじゃなかったかな、あ、『三島由紀夫全集』も、この『宇野浩二全集』もとか。どんどん物が出てきて、物によって語るという、文学談義にはとてもだいじなことですね。頭のなかで考えるだけではだめ、物にさわって「おお！」と言う。彼も結城信一の本を集めていまして、もう競争です。ぼくはいま一三冊のうち、もうほんとうに探すのに苦労しましたが、ある方からのお恵みをいただきまして、ただいま一二冊まで来ました。あと一冊。

こういう文学の語らいは面白いものです。どこまでもつづく。いつまでも。それに人間というのは不思議なもので、本の話をするといままで黙っていた人でも話がひろがるものですね。いまはぼくも年でしょう、あとは体調の話だけ。体調、健康、病気、薬、いまはみんな話すというと、これだもの。（笑）でも話のなかにね、文学があると、どんな時代でも、うるおいが生まれると思うんですね。人と人がひとつになる。古い人がつぶやいているというふうに思われる若い方もいらっしゃるかもしれませんが、文学の空気がまわりからうすれていくなかで、それでも文学にふれるというのは不思議なものだと感じさせるのが、この結城信一の作品だとぼくは思っております。

最後になりましたが、ぼくは結城信一の作品がどうも好きなようですね。（笑）結城信一は、晩秋が好きだ、と書いています。晩秋の明るさが好きであると。そのことばどおり「文化祭」という作品を一九七七年に仕上げて、文化祭の季節、一九八四年一〇月二六日、晩秋に亡くなりました。

みなさんも機会があれば、そうですねえ、まだちょっとこの晩秋には遠い季節でありまして、暑さがこれから展開するという時期なのですが、熱くて濃い珈琲を飲まれる時期には、そういえば結城信一、めまい、珈琲、めまい（笑）と思い出していただければありがたいと思います。文学にとってもそれは感謝すべきことなのではないかと、そのように思います。本日はありがとうございました。

（二〇〇〇年七月二六日／東京・よみうりホール）

付記／『結城信一全集』全三巻（未知谷）は二〇〇〇年一〇月から一二月にかけて刊行。そのあと、主要作を収めた『セザンヌの山・空の細道』（講談社文芸文庫・二〇〇二）、『結城信一 評論・随筆集成』（未知谷・二〇〇七）の二冊も刊行された。

詩と印刷と青春のこと

「作家の誕生――デビュー作・出世作の周辺」というテーマで五日間、一五人の書き手のみなさんが話してきましたが、今日は最終日です。

ぼくも詩の世界でデビューをしました。出世作となると、あったかどうか微妙ですね。たとえばお隣りの韓国では、詩人のデビューが何年何月と決まっている。はっきりした日付のようなものがある。全国紙元日の一面に詩が掲載される、あるいは推薦制度と呼ばれるもので、ひと頃ですと「詩文学」「心象」「現代詩学」など詩壇の有力な月刊誌に投稿した作品が選者に評価される。そのどちらかで詩人という肩書がつく。韓国には一九七六年以来、一〇回以上行ってますが、「私は一九七二年一〇月にデビューしました。荒川さんは?」などと韓国の詩人たちは言う。これには答えようがない。

日本では、この詩集であるとかこの活動であるとか、はっきりした明確なかたちがあることはなくて、何となく出てくるという感じです。自然な、逆に言うと曖昧な感じです。また、みなさんのなかでぼくの作品を読まれている方はこの会場にはほとんどいないと思います。あの人誰だろうという感じでしょうね。（笑）そんなぼくがデビュー作を語っても、何のことかわかりませんよね。ですから、ここでは若いときに何をしていたか、個人的なことを語りながら少しずつ一般的な話題へひろげていこうと思います。

タイトルには、「詩と印刷と青春」ということばを入れました。青春があったかどうかは別として、詩と印刷というのはわかりにくいかもしれませんが、ぼくの場合印刷というものとのかかわりが強いんです。

手提げ袋

大学を卒業したあと、九段上の小さな編集会社に、九年間勤めていました。そこの社長さんは、漢詩をつくる人で、有名な先生の講義にも出かけたことがあるらしいのです。ひまな会社なので、午後四時で終わり。ぼくが四時に帰ろうとすると、「荒川くん」と言うんですね。何かと思ったら「できた！」。何ができたかというと漢詩なんです。ぼくは漢詩の平仄《ひょうそく》も全くわからない。李白、杜甫、白楽天くらいしか名前も知らない。二六歳のとき、ある賞をもらって朝日新聞の「ひと」欄に出たので、ぼくが詩を書くことがわかったみたいで、漢詩をつくって、「どうだろう、これは」といきなり来るんです。社長も仕事をしていないってことですね。（笑）漢詩はわからないのですが、わからないとは言えない。詩をつくるのだから漢詩もわかるだろうというイメージなんですね。六〇年配の方です。それで「ここ、うまくいっているんじゃあないですか」なんて、それなりのことを言って。（笑）

その仕事のかたわら一九七四年一月、二四歳のときから、詩集の出版を始めました。ここでPRはしませんが、詩を書いている人なら、ああ荒川さんがやっているあれだとわかると思います。いまもいろいろな人たちの詩集をつくっています。この三三年の間に二六〇〇冊くらいつくりました。特に新しい世代の人たちの詩集を編集、制作します。いい才能をもっていても最初の詩集はすぐには売れませんから、会社が終わるのが四時なので、それから詩集を担いで、書店回りをする。本をいっぱい手提げ袋に入れて、神田、早稲田、池袋、下北沢、ときにはもっと遠くまで行きました。

最初の一五、六年は一年に一〇冊くらいつくりました。三時五八分くらいになったら、机の下の方でもぞもぞ用意をして、今日は神田と早稲田という具合に、手提げ袋をもって会社を出ます。経済のことはよくわからないけれど、定価一五〇〇円の詩集だと、委託する書店に七掛けで卸したら、そしてそれが売れたら一〇五〇円こちらに入ります。それではぼくはどうも満足しない。もうちょっと上げてほしい。これはなかなかむずかしい問題。七・五になると、数字がもう体にしみついているんですが、一五〇〇円の本が一一二五円になる。でも七・五にするわけにはいかない。こっちは七五円分得するけれど、書店にとっては利益が減る。こちらが特別にお願いして委託しているわけですから、無理は言えない。それで、一一二五と一〇五〇の間のところを攻めるんです。（笑）一〇八〇とかね。掛率は、切りのいい数字にならないけれど。そのあたりでありたいと、こちらは思う。何軒か回るから、ものすごい重さの手提げ袋をさげて歩くのです。さあ営業だと、出るときは、「今日は一〇八〇で納品するぞ」と思っているんですよ。だんだん歩いているうちに、やっぱりちょっときついかなと思い始めて、直前には一〇七〇くらいに下がり、書店のご主人の顔を見ると、「すみません、いつもの一〇五〇で……」となるんです。（笑）営業はほんと大変です。

詩集の時代

その頃は詩をつくる人がいっぱいいた。それに、詩集を出版しようとする人も大勢いました。一九七〇年代には永井出版企画、書肆山田、審美社、駒込書房、れんが書房新社、詩の世界社、構造社、アディン書房、仮面社、母岩社、八坂書房、山梨シルクセンター出版部、花神社、アトリエ出版企画など。詩書の版元では大手の思潮社、青土社。ともかくいっぱいありました。そのなかには、ある詩人の詩集をつくるために、個人で詩の出版社を始めるという若い人もいました。清水哲男、清水昶《あきら》など、当時人気の詩人の新しい詩集をつくるんです。そして自主的な販路で読者に届けるのです。

いまは自費出版ブームで、自分の本をつくる人が多いが、当時は、自分のものをつくる人もいたけれども、自分が好きな人の本をつくるという夢をもつ人も多かった。書くだけではない。人の作品を読むことに、重点を置く書き手が多かったということでしょう。読んで、その作品を好きになり、その人のものを自分で出したくなる。それを通して、自己表現をする。その頃といまの状況の大きなちがいですね。

さて当時「点火《てんび》」（一九七〇年創刊）という詩の同人雑誌がありました。タイプ印刷のうすい雑誌です。そのあと「棲息闇」（一九七一年創刊）という雑誌に引き継がれました。二つとも池原学、奥村賢二らが中心でした。「点火」第三号の表紙は、田中島進という人の暗いモノクロの漫画というかイラスト。不気味な絵。男の人が背を向けていて後ろからバッタが体をつらぬいている。（笑）こういう雑誌が都内の自主出版物を置くところにある。

その頃はミニコミの時代。マスコミに出る人たちはわれわれの敵だというような時代ですから。ミニコミに拠る人たちは、すべてを疑う、何でも反対です。ひと頃の社会党みたいな。そういう時代に、こういう「点火」のような雑誌が出る。ぼくも学生の頃、同人誌をいくつもやってましたが、当時は池原学とか全然知らない。四、五人で下宿に集まると「この池原学っていうのは誰だろう」とか「この奥村賢二って誰だろう」という話になる。ちなみに池原学は「点火」第三号に「相対性への一視点（二）磯田光一ノート」、「棲息闇」創刊号には「「砂の上の植物群」覚書」という吉行淳之介論を書いている。詩と小説と文芸評論と思想論がまざりあったラディカルな誌面なのです。奥村賢二は「「狂雲自同律」と題して「一休宗純」論。一休さんが残した漢詩を現代詩の視角で読み解く、しかもそこから革命的エネルギーを引き出すという、ちょっと無理がありますが、一休宗純の漢詩をこまかく分析している。当時もいまも学生ではとても書けない内容です。それでぼくらは、「これは誰だろう、どういう人なんだろう」と。詩が動いていた時代の空気です。

ある日、その奥村さんが同じ大学にいるということがわかったんですよ。それで会って、多少のつきあいみたいなものが生まれたわけです。奥村さんは若くして亡くなりました。先日、「点火」を開いていたら、その頃の、ぼくあての奥村さんのはがきが出てきました。受けとったぼくは二二。彼もおそらく同じ年でしょう。私信なので、ほんの一部だけ読ませてもらいます。

あなたと談合するのはたのしいことにちがいありません。

談合？　いまは談合というとあまりよくないイメージになりますが、ここでいう談合は「語り合う」ということですね。とにかく革命的エネルギーに満ちているわけですから、はがきひとつにも、何が起こるかわからない。

ぼくがすすめたいこと。あんな文学くずれとはさっさときれてしまわれること。

「文学くずれ」。誰でしょうね。ぼくの近くにいたんでしょうね、いっしょに遊びに行ったのかな。何か生意気なことを言ったのかしらね。左翼くずれというのは聞いたことがありますが、文学くずれってすごいですね。何か、全部くずれてしまう感じです。

倨傲おゆるし下さい。

いまの人は、倨傲《きょごう》なんてことばは使いませんよね。自分が高いところから言っているのをおゆるしください、ということですね。礼儀正しい。

ぼくはまだまだアマチュアでいたいのです。おひまなときに、自由な手紙をください。「自由な手紙」。ぼくはこれを見ながら感涙にむせびましたよ。(笑) 何かジーンときた。「自由な手紙」か。幸福の手紙でも不幸の手紙でもない。自由な手紙なんですから。でも気持ちはよく伝わってきます。

本の話でもしてみたいなあとおもっています。くりかえします。現在のぼくは、吉本隆明初期文集のような精神世界で心をあったためたいとひたすらおもっています。昭和四六年一二月六日

これが文面の一部です。そのあと、ある日たまたま大手町の地下鉄の駅のホームで、二、三度くらい会った奥村さんに、一休論なんか書く実に鋭利な学生評論家にですよ、ばったり会いまして。「ああ、奥村くん」「ああ、荒川くん」「いまからどうするの」「いなかに帰るところ」なんて話して。で、その二カ月後くらいに彼は、郷里の滋賀で自殺したんです。

いまから二〇年ほど前に、読売新聞の芥川喜好《あくたがわきよし》さん、美術記者として有名な方ですが、ある原稿を渡すときに東京駅の喫茶店で会いました。芥川さんは、奥村さんやぼくと同じ大学の美術史学科だったそうですが、奥村賢二さんの詩集をいまも大切にしていると。芥川さんは新聞記者にはめずらしく現代の詩をものすごく読んでいる人です。その詩集とは『奥村賢二詩集』（バルカン社・一九七三年一二月）です。タイプ印刷、限定五〇〇部、没後に刊行されたものです。二人で奥村さんのことを話していて、ああ奥村さんはいまも忘れられていない人だなと思いました。

「棲息圏」創刊号のすみに、奥村賢二が書いたと思われる同人への〈連絡板〉があって、「一休宗純の読書会は、同人としては停止」。これは、どういう意味ですかね。「六月より谷川雁の研究会、各自レポートを早急に提出」。先生みたいですね。「――表現論への試行」。ここでも、読むことに重心をかけているようすがわかります。「関西の同人活動が停滞」とある。メモ風の文章にも、当時の学生の活動が見えてきます。

批評の風土

その頃の学生運動に影響力をもったのは、詩人の思想家では吉本隆明と谷川雁の二人ですね。谷川雁は五、六年くらいの期間ですが、強烈な詩を書きましたね。人々を扇動する

ような、たきつけるような、革命的で躍動感ある語法と卓抜な比喩を使って。詩とは、

この世界と数行のことばとが天秤にかけられてゆらゆらする可能性

を生きるものだと。また、有名な「東京へゆくな」という詩を書きました。地方に根を張って、地面の下の根源に降りて、がんばるんだと。筑豊の大正炭鉱で大正行動隊を組織して、「東京へゆくな」と書いた。でもしばらくして本人が東京に出てきちゃった。(笑)すごい転換。資本家の側に入っちゃって、それから消息がないと思っていたら、信州の山のなかで、子どもたちを集めて宮沢賢治を読む集まりなどやっていた。そのあと自伝『北がなければ日本は三角』(河出書房新社・一九九五)を書きました。いまも関心をもつ人は多い。でも何がどこまでどうなのか、というところがある。現代詩というのはだいたいこういうものです。

吉本隆明の詩「ちいさな群への挨拶」の一節「ぼくがたおれたらひとつの直接性がたおれる」。ぼくは高校までいなかにいたので、吉本隆明の「よ」の字も知らずにいて、大学に入ったら学園紛争でみんな吉本隆明でしょう。ぼくが倒れたら、ひとつの「直接性」が倒れる、だから闘うんだということですが、この「直接性がたおれる」ということばがい

いですよね。堀川正美「時代は感受性に運命をもたらす」。これは詩集『太平洋』の「新鮮で苦しみおおい日々」の一節。もう青年たちは、しびれちゃう。田村隆一は「おれは垂直的人間／おれは水平的人間にとどまるわけにはいかない」(「言葉のない世界」)。いま見えている社会になじんだら人間として敗北だ、社会とか世間とか既成のものにつながるな、そこから垂直に立ちあがるようにして生きる。それが「垂直的人間」なのでしょう。

こうした詩のことばは、いま考えてもわかりにくいものです。ところが学生運動をしていた人たちは、日本を動かそうという、そのレベルがどのくらいのものかは別にして、先のほうの時代を見つめて動いた。小説というのは主に目の前のもの、既にあるものを写しとるものですから、小説のことばだけを見ていたら時代に遅れるところもある。もちろん大江健三郎、倉橋由美子、高橋和巳などは読まれてはいましたが、詩も読まれていた。それは詩のことばが次の時代を予感させるものと見なされたからでしょう。自分たちの現在の情念を支えてくれることば、さらに新しい地平へ自分たちを誘い出してくれる未知のことば。そのことばは単なる「意味」ではないのです。「ぼくがたおれたらひとつの直接性がたおれる」。単なる「意味」ではないところに、詩があった。そこに希望と期待があった。ですから詩を読む人も多かった。詩集を出す人も多かった。

もうひとつは政治的な混乱期のなかにあるので、みんなが言いたいことを言う。いまは批判ということができない。詩の月刊誌「現代詩手帖」のなかでも、特定の詩人を批判するというのがとてもむずかしくなってきた。お互いに相手をあまり傷つけないで、仲良くいこうという感じです。当時は烈しく論争をする人が多かった。

一九六五年に出た寺山修司の詩論集『戦後詩』（ちくま文庫・一九九三、講談社文芸文庫・二〇一三）を開いてみても、肯定的ではない。たとえば茨木のり子について。「わたしが一番きれいだったとき」などの詩は、天声人語や教科書でひろまった。倫理的で、きりっとした詩はいまも人気がありますよね。でも寺山修司はこう述べます。「あまりにも社会的に有効すぎて、かえって自らのアリバイを失くしてしまっているのではないか」。吉野弘の詩「たそがれ」は、「他人の時間を耕す者」が、夜になって自分に戻るひとときをうたう。これにも疑問をもつ。「「公生活」から解放されるという意味なのであろう。だが、「公生活」がなぜ他人の時間を耕すことなのか？ それが私にはわかりにくい問題である」。昼の仕事をしている自分の姿はいやなものかもしれないが、夜になってやっと本来の自分に戻るというのはおかしい。昼も夜もすべてを描かないと、ほんとうの現代の詩にはならないということです。わかりやすいが、だいじなことを述べている。

田村隆一、黒田三郎ら「荒地」の詩人については「自身の破滅を通してしか世界を語れなくなってしまった」。こうした批評的な見方も当然書かれていい。批評によって、詩は多くの人のかかわるものになっていくのだと思います。

ぼくが二〇代なかばでデビューしてから、あ、やっぱりデビューしたんですね。(笑)何を書いても批判する人がたくさんいました。そのなかのひとりの方はすごいですよ、何か詩を書いたとするでしょう、するとすぐにポーンと批判が来る。何か書こうとすると、ポーン。(笑) 書く前から叩かれているのではないかというほど。あの批判のエネルギーってすごいと思います。びっくりしたのは、あるとき、「講和」って書かれた。「サンフランシスコ講和条約」なんかの「講和」です。それを文学用語として出してくるんです。「荒川洋治と〈講和〉」みたいにして。いまだによくわからないけれど。

でもそれはね、普通のことでした。つまり相手を徹底的にマークして、何かすると批判する。あれくらいがちょうどいい。鍛えられる。そうか、では、とこちらはまたちがうものを出す。それが詩の世界を活発化する。いまはそういうことはない。みんな仲良し。人のことは知らない。ただ自分の詩のことを考えるだけ。これは小説の世界でも同じでしょう。

この間、教育について語り合う会に出席したのですが、教育の現場では「批判」ということばが使えないようです。たとえば「批判的鑑賞力」とか、あるいは異なる立場からものごとを考えるときの「批判」ということばそのものが使えないそうです。

ずいぶん世の中は変わったなと思いました。批判ができないということは、お互い、いい加減なところでみとめあうということ。これでは、それ以上先へは進めなくなる。ぼくは自分大好き人間でね、毎日自分のことを考えていますよ。自分のことだけ、でも自分のことばかり考えていると、途中で飽きてくる。（笑）それで逆に社会的なところを自分で勉強して、役立ちたいなという気持ちにもなってくるものです。

文学は実学である

いまは自己愛の人たちが多いとされていますが。それは自分に飽きない、ということですね。いつまでも自分が好き。自分が大好き、他人というものに対して興味がない。「批判」という風土がうすれたので、さらに自分を変えるきっかけもなくす。

自分をもし、そんなに好きならば、自分の父母はどんなふうに生きてきたのだろうかと、戦前、戦後の人々のようすにも興味を伸ばしていくはず。自分が好きなのだから。またそれだけではなくてアジアの人たちはどうだったのか、世界の人たちは、というふうに、とても遠くにあるものにも目を向けるようになる。そこで自分の世界もひろがるし、ゆたかになる。自分が好きなら、そういうところまで自己愛を進めてほしい。いまの自己愛は、だから、自分に対する愛情が少ない、足りない人たちの、不十分な自己愛なのだと思います。自己愛が過剰なのではなく、足りないのです。

文学は実学だ、とぼくは思います。人間にとってだいじなものをつくってきた。あるいは指し示してきた。虚学ではない。医学、工学、経済学、法学などと同じ実学です。人間の基本的なありかた、人間性を壊さないためのいろんな光景を、ことばにしてきた。文章の才能をもつ人たちが、人間の現実を鋭い表現で開示してきた。だから文学というのは人間をつくるもの、人間にとってとても役に立つもの、実学なのだと思います。それをいま必要以上に軽んじようとしている空気がある。実学と一般に言われるものが、医学や工学や経済学や法学が、ほんとうに人間のためになっているか、きわめてあやしい。そういうなかで文学の現実的な力を再認識しなくてはならないと思います。その実学の信頼度を高めるためには「批判」を受けいれていく環境にしていくことが重要なのですが、それがいま内部からくずれつつある。

そういうなかで、さきほどの奥村さんのように、「あんな文学くずれ」とは縁を切れなんていうことはなかなか言えなくなってきた。みんなほどほどのところで表現をし、刺激を避ける。互いにほめあってます、それほどの作品でもないのにね。以前の「現代詩手帖」では考えられないですよ。昔はもう、こてんぱんですからね。小説とちがって詩は、どんなにいいものが現れても絶対にほめないという世界なんですよ。（笑）そこがいい。

ああいい詩が書けたなと思うでしょう、そんなものはすぐにへし折られちゃう。ことばを尽くして批判されるんです。そのために、自分でも自分というものを簡単には認めなくなりますから、おのずと努力をするようになります。もっとちがう手法でやってみようかなどと、いろいろ考える。というふうに相手を、社会を見据えてことばを出していくことが、だんだんなくなってきました。詩だけでなく文学全体をおおう問題だと思います。

白秋の序文

日本の本格的な詩の始まりは、萩原朔太郎の大正六年の詩集『月に吠える』。これが日本の口語自由詩の起点ですね。朔太郎というと、「竹」の詩か、「汽車は烈風の中を突き行けり」(「帰郷」)、まずはそれしかぼくは思い出さないんですけど。『萩原朔太郎』という文庫があります。これは百円ショップのダイソーで買ってきました。夏目漱石、樋口一葉、芥川龍之介、太宰治、北原白秋、伊藤左千夫など全三〇冊、全部買っても三千円ちょっとで買える「日本文学全集」ですね。「ダイソー文学シリーズ」というものです。

朔太郎の巻には、『月に吠える』『定本 青猫』がそれぞれ全編入っていまして、活字も大きく読みやすくて、新潮文庫や岩波文庫には申し訳ないんだけど、ぼくは百円をとります。朔太郎のアルバムの他に、「スピーチや手紙に使ってみよう」というコラムがあります。

新年のスピーチに、ということで例文があります。「新たな年が明け、気持ちも新たに、本日出社されたことと思います」、これ社長の挨拶かな、最後に、「萩原朔太郎が、元旦によんだ詩を紹介します」として、「かたき地面に竹が生え、／地上にするどく竹が生え、／まつしぐらに竹が生え、／凍れる節節りんりんと、／青空のもとに竹が生え」という「竹」の一節を紹介。「竹のようにぐんぐんとは伸びてはいかないかもしれませんが、この詩のように地に根をはり、飛躍の年にしましょう」。いいですね、萩原朔太郎、あの陰気で暗い詩を書いた人の詩が、新年の挨拶になる。ダイソーはすばらしい。（笑）『月に吠える』には序文があります。萩原朔太郎は、まだ無名。ひとつ年上の先達、北原白秋が推薦文を書いている。歴史的詩集『月に吠える』の序ですよ。これもダイソーで読みますね。

萩原君。

いいですね、最初に萩原君。詩集の著者ですからね。

何といっても私は君を愛する。そうして室生君を。

何ですかこれ。（笑）室生君とは、室生犀星のこと。室生犀星は朔太郎より三つ下でね、白秋は二人を可愛がって、自分のあとの日本の詩界を引っぱる朔太郎と犀星を、深い愛情で見守っていたんですね。「萩原君。何といっても私は君を愛する。そうして室生君を」。室生君がすぐ出てくるというのが、すごいですね。しばらくあとに、「私は君達を思う時、いつでも同じ泉の底から更に新らしく湧き出してくる水の清《すず》しさを感ずる」。でも、そのあと、また、

私は君をよく知っている。そうして室生君を。

また出たあー、みたいな感じ。（笑）

室生君と同じく君もまた生れた詩人の一人である事は誰も否むわけにはゆくまい。

え、室生君と同じくですかあ。立場が逆転しちゃった。もう二人が、どっちがどっちか

わかっているんでしょうかね。終わりには、こういうことばもあります。

また更に君と室生君との芸術上の熱愛を思うと涙が流れる。君の歓びは室生君の歓びである。そうしてまた私の歓びである。

もう、ほんとにすごい。これが日本の詩の幕開けの序文です。何回も言いますが百円で読めます。昔は詩を書くというのは大変だった。朔太郎と犀星の才能というのは、当時の普通の詩人なんかにはわからないですよ。白秋だけがわかった。日本に三人ぐらい詩人がいる、という感じですね。そのなかで三人は心を合わせ、それぞれの詩を書いていく。日本の詩の扉をあけていく。つまり詩というのは出発の当初から支え合わなければならないくらい、天才が現れても、それを見抜く人がいない世界なんです。詩というのは未来的な言語なんです。現実的な目をしている人たちにはひっかからないんですね。

いつの時代も、ほんとうの詩人は、次の段階のことばを指示していくんですよ。するとどうしてもこういう状態になる。しかしながら、この当時の詩ですが、「ふるさとは遠きにありて思ふもの」という室生犀星の詩、これは大正七年の『抒情小曲集』の「小景異情」の一節ですが、林芙美子の『放浪記』（昭和三年から連載開始、昭和五年から刊行）のなかに、つまり一〇年後に書き始めた小説のなかに早々と登場するんです。尾崎一雄の小説「父祖の地」（昭和一〇年）にも。これは一七年で入っている。

詩の内容も形式もちがうので同列にはできないものの、現代の詩が一〇年、一七年で、その他の世界の人たちのなかに、同時代的に入りこむかというと、なかなかそうはならない。ものすごいスピードで島崎藤村、萩原朔太郎、北原白秋などの詩は人々に浸透した。愛誦できる七五調だったということもあるけれど、いまの人よりも詩とのふれあいがあった。

小説の題

昭和一〇年代から戦争が終わって一〇年ぐらいの間、詩や歌に関することばを小説のタイトルにするという作家が現れます。以前にもこのような例がなかったわけではないけれど、日本の現代小説の題に、詩歌のことばがふえたのは事実です。参考までに代表的なものを挙げてみます。連載の場合は、初回の年です。

一九三五年／高見順「故旧忘れ得べき」「起承転々」

一九三六年／堀辰雄「風立ちぬ」

一九三七年／武田麟太郎「現代詩」、宇野浩二「夢の通ひ路」
一九三九年／高見順「如何なる星の下に」、石川達三「転落の詩集」
一九四〇年／井上友一郎「夢去りぬ」
一九四一年／田中英光「われは海の子」、井上友一郎「青丹よし」
一九四二年／井上友一郎「帰去来」
一九四三年／高見順「まだ沈まずや定遠は」
一九四六年／高見順「今ひとたびの」「わが胸の底のここには」
一九四七年／太宰治「ヴィヨンの妻」、井上友一郎「ハイネの月」「あしのまろや」
一九四八年／井上友一郎「日本ロォレライ」
一九四九年／田中英光「君あしたに去りぬ」
一九五〇年／高見順「胸より胸に」、北原武夫「悪の華」
一九五一年／高見順「風吹けば風吹くがまま」、井上友一郎「魔笛」
一九五六年／石川達三「自由詩人」
一九六〇年／井上友一郎「ゆくえも知らず」
一九六三年／梅崎春生「狂い凧」、尾崎士郎「夢は枯野を」
一九六八年／井上友一郎「浅き夢みし」

「故旧忘れ得べき」は、一八世紀スコットランドの詩人ロバート・バーンズの詩の一節、日本では「蛍の光」になった詩ですね。「風立ちぬ」はポール・ヴァレリーの詩、「如何なる星の下に」は高山樗牛の美文の一節。その他、古代から現代の歌、百人一首でおなじみの歌や、芭蕉の句もありますね。「わが胸の底のここには」は島崎藤村の詩。「君あしたに去りぬ」は江戸中期、与謝蕪村の「自由詩」の一節。「胸より胸に」は与謝野晶子の歌より、「風吹けば風吹くがまま」は北原白秋の詩の一節。「狂い凧」は、早世の俳人、芝不器男の句「うまや路や松のはろかに狂い凧《だこ》」より採られました。

詩歌の表題の登場は一九三五年あたりからで、いまにして思うと高見順が先導した印象があります。軍部が大きな権力をもち、日本が戦争に向かっていく暗い時代です。詩歌の題が使われた理由はいくつか考えられます。思想が封じられた時期、詩歌は安らぎを与える。詩歌の誘導があると、小説の世界へ入りやすい。その頃は漢詩と和歌が依然読者の心をつかんでいました。小説はまだ十分には定着していない新しい分野なので、一般読者の警戒心を解くためには、詩や歌の力を借り受ける必要があったのだと思います。

日本の小説というのは明治以来いろいろと書かれてきましたが、いまひとつ短歌のように人々の心に訴える力がない。それがひとつのコンプレックスなんですね。みんな歌を知っているから、歌のなかのことばを引用すると入りやすい。みんなが詩歌に親しんでいたからです。そういう引力を生かしながら、小説という日本人にとってはまだ新しいジャンルを少しでも人々の胸もとに近づけよう、親しみやすいものにしようということでもある。

小説が文学の主流となった今日では想像しがたいことですが、小説はいまのように盤石ではなかった。不安定な要素がいっぱいあった。詩歌には負けるという、そういうなかから少しずつ小説の独自性を出していく、こうした行程は、あまり人々が論じません。明治の初めから小説は風を切って歩いていたように思えますが、実はそうではない。人々の心を少しでも開けたいという時期があったのです。逆に詩には、人々との間がいまほど離れていない時期があったということになります。

最近の詩に、新しい動きが出ています。この四、五年の間のことですが、功成り名を遂げた人たちが詩集を出し始めたことです。しかもとても著名な人たちがです。鶴見俊輔が初の詩集『もうろくの春』を出して話題になりました。世界的な免疫学者の多田富雄も本格的なものとしては初の詩集を刊行。以前から詩を書いていた石牟礼道子も『はにかみの国』という第一詩集を出しました。みなさん七〇歳以上です。四国・塩飽《しわく》生まれの国文学者の平岡敏夫、仏文学者の篠沢秀夫も初の詩集。一冊の詩集を出したい、自由なことばで。短歌や俳句というのは語数がありますから、自由なことを言っているようで、ほんとうの自分というものが出せないのでしょうね。そういう人たちが熟年になって何か書きたいというときに、詩集を選ぶ。詩は、いっときのものではない。いつも人生の近くにいるものです。詩のことばというのは、そのときの現実のなかでは、すぐには人との結びつきも生まれないけれど、いつか人間が一般的なものから解放されて、ひとりになったとき、とてもあたたかいことばをかけてくれる。そういうものではないかと思います。

詩は、短歌や俳句などの定型詩と、散文の中間にあるもの。一定のかたちをもたず不安なままにさまよい、漂いつづけるものです。それは、個人と社会にはさまれて、その間で揺れつづける、現代人の光景そのものかもしれない。詩は、そうした人たちの気持ちを受けとめて、その心に寄り添うものですから、いまの人にとって、とても身近なものなのではないかと思います。それは散文に支配された人の多くが意識しないことであるように思います。

散文は異常なものである

詩と散文のちがいについて、持論を述べますと、詩は「個人的な存在」だと思います。ぼくはいろいろな詩集をつくってきましたが、二六〇冊すべての詩集を合わせても、一冊二〇〇部以下が多いですから、五万冊程度。微々たるものです。その点でも社会性はもてない。個人的な世界というものを示していくものでしかない。また、そのことに意味がある。それをこの現代という時代のなかで、せいいっぱい展開してみせるというのが詩だと思いますね。

散文というのは翻訳しても、だいたいどんな国にも伝わるように、つくられています。混乱しない語の序列、節理のある書き方で、遠い国の人にも内容がさっと伝わる。これはとてもだいじな散文の役割です。散文には、一面とてもあやしいところがありまして、たとえば谷間の道を、三人の村人が歩いているとします。これを散文だと「谷間の道を、三人の村人が歩いている」と書きますね。詩では「三、谷」と書くかもしれない。何か黄色いイメージがその人にあったら「黄色、三」と書く。個人がどう感じたかですから、自由。そうすると、それを読む人は、「詩はむずかしい、異常なものだ、私は苦手だ」となるわけです。ところが散文のほうが異常なんです、実は。

散文で「谷間の道を、三人の村人が歩いている」というふうな順序で、ほんとうに、そう書いた人は、そう思った、そう知覚したのでしょうか。その人はもっとバラバラに、整理のつかない序列で知覚しているのに、散文だからというひとつの約束ごとがあるので、それにのっとって、みんなにわかるような感じで書くんですよ。既定のレベルに合わせて標準的に書いてゆく。実は個人は、散文を書く人も、その描くものを思い浮かべるとき、もっと個人的な映像を知覚しているはずなんです。でも散文を書くときは、それを抑えこむんですね。個人のなかにあるものを抑えてしまう。つまり散文というのは、人工的なもの、つくられたものなんです。そのことに散文を書く人は注意する必要がある。そう感じないのに、まるで感じたように、習慣的に書いてしまう。詩は、たとえ一五〇部の詩集でも、ドロドロしてわけのわからないものでも、その人が個人の内部でそのように感じた、そこからそのことばになったということではまちがいはないわけです、一般性がなくても。散文だけによりかかっていると、いつも標準に合わせたものだけを見ることになる。個人が感じたことを取り落としてゆく。

散文には、そうした異常な面がある。そのことを散文を書く人、小説を書く人はときどき意識したほうがいいと思います。

詩は、異常なものだとされる。たしかに変な表現をしますから。でもそれは本質的には異常ではない。個人の自然な世界を表わしたものです。個人にとってはとても健康な、ノーマルなものです。人にわからなくてもいい。すぐ伝わることだけが言語表現ではない。自分というひとりの人間の濃厚なことばで書く、加工せず、一般化せず、思い切り書いてゆく。それが詩の基本です。そういうものを文学の一角に残しておかないと、すうすうした、通りのいい散文ばかりがまわりにあふれる。ものの見方も散文的になってしまう怖れがある。

詩と、散文。この両輪が合わさるところに、いいものが生まれるんじゃないかと思います。厳密に言えば、詩と散文ではなくて、韻文と散文、という対比が正しいのですが、おおまかな見方ということで、詩と散文という言い方をしました。

活動から活動へ

ぼくが同人雑誌を始めたのは、一七歳くらいからです。高校時代、全国組織の詩の雑誌というのをつくったんです。全国に同人が百人くらいで、当時の高校生としては画期的というか、あほなことというか、信じられないことをやりましたね。それ以来、大学に入ってからもつくり始めた。そのときと、いまのぼくは基本的に同じなんですよ、ここに立って話していることも、大部分は、昔していたこと、思ったことのなかにある。だから、さほど変わっていない。相変わらず本を運んでいますから。ぼくの鞄のなかには七つ道具が入っていまして、可愛いホッチキスとか、可愛い小型の糊とか、定規とか、鋏とか、いろいろなものが入っていて。何かのときに誰かがホッチキスないかって言うと「ホッチキスですかあ、はい、これ」と、ぼくなんかすぐに出ます。「はい」ってね。いつも詩集のことか広告のチラシの印刷のこととか考えてますし、あれこれと作業をしているので。

それから、一〇代の頃からそうなんですが、本を見て「ああ、ここのところがこうだ」といろいろ観察するでしょう。いまの人はあまり観察せずに、なかみ本位で読みますよね、ストーリーが面白いなというように。読んだ、ポイ、みたいな感じもある。ぼくは本を物として見てきた。そこで本を大切なものと感じてきた。これも個人というものですね。

一九七〇年代は、ある詩人がすごく好きで、そのために個人で、電話もないような出版社をつくって、そしてそれを売り歩いて、何とかもとがとれて、ああよかったと、ほっとする。いまのように本が簡単につくれる時代になっても、やはりあれは貴重だなと思います。昔は鉛活字を一字一字組んでいましたからね。そこから見るとずいぶん変わったので、ああいった以前の世界を知らない人たちがふえているのは残念だなと。それで、若い人がやらないのであれば、ぼくは今年五八ですけどね、何かやってゆくしかないなと。ここでいま話していることも、青春の思い出話ではない。いまも手提げ袋ですからねえ。荒川さんは五〇メートルくらい離れていてもわかるという人もいます。何か運んでいるんですよね。（笑）性分なんでしょうか。そういういまを与えてくれたのも一〇代なんです。

ぼくはいろいろ若い人たちの詩集をたくさんつくってきましたが、そのなかからぼくなんかをはるかに超えていく人、才能をもつ人たちがいっぱい出ました。それもうれしいことです。誰もお客さんが来ない路地裏で、くだものか何かの店を構えているとします。でもいつお客さんが来るかわからない。そのために林檎なら林檎をつねに磨いておく。突然お客さんが来ますからね。いまの詩はどうなっているんだ、最先端の詩はどうなんだみたいなことを知りたい人が急に来たとき、粗末なものは出せない。そうするとやっぱり、いい詩集を用意しておく。いまはね、こういう詩人がいるんです、この詩集はいいですよ、絶対に時代をつくりますよと。だから普段はお客さんがほとんど来ない店でも、ちゃんとした仕事をしておく。単なる散文ではない、人間の個人の痕跡を守る。支える。そういう気持ちというか夢があるからでしょうか。

もうひとつ思うのは、表現というのは、自分がベストセラーを出したとか、自分の本が売れたとか、自分の詩が評判になったとかいうようなことではつまらないですね。自分とちがう、いい才能をもった人たちが若いうちにデビューして、いっぱい仕事をしてくれる。そういうのを見るのも、見る側にとっての自己表現のひとつです。みんなでやっていく、みんなで面白い世界をつくりあう。詩も小説もそういうかたちでつながっていく。

一〇代のときは、評論家もいっぱいいいた。吉本隆明も、村上一郎も。谷川雁も、寺山修司もいました。いろんな人たちが、ときにはその時点ではみちたりないものも残ったかもしれないけれど、とにかく闘った。批判もしあった。そういうなかでのことばというものに思い出があるので、これからはかなりきつい時代ではありますが、やはり路地裏で林檎を磨いていく。いつ人が来るかわからない、けれどそのときにあわてないように、しっかりとしたことばの姿を見せなければならないということを、一〇代の読書から、あるいは仲間から、さきほどの奥村さんのような同世代の人たちから、教わったような感じがいたします。ご清聴、ありがとうございました。

（二〇〇七年七月二八日／東京・よみうりホール）

思想から生まれる文学

今日ここで一時間、石上玄一郎《いしがみげんいちろう》について話す機会をいただきました。

このほど『千日の旅』という、石上玄一郎の作品集が刊行されました。発行所の未知谷から依頼を受け、ぼくが編集・解説をした新刊です。四六判で、二八〇頁。戦前・戦後の代表的短編六編を収めています。

実は今回、北海道へは、埼玉・大宮から新青森、新青森から函館、函館から札幌と、すべて鉄道で来ました。新青森での待ち時間は長い。新しい駅ということもあり、なれなくて、何もせずに行ったり来たり。函館でたまたま買った「鰊《にしん》みがき弁当」がとてもおいしくて。(笑)それはともかく、石上玄一郎の作品を読み返しながら、コトコトと列車に揺られ、昨夜、函館に一泊。そして今日の夕方、札幌駅に。昔の人がそうであったように、地上をたどってみたかったからです。ぼくは、詩の世界の人で、それでも詩のこともあまりわからなくなっていますが、小説のことはもっと知りません。でも石上玄一郎の作品は、読者の経験や状況にかかわらず、魅力を感じさせるものです。

活動期

石上玄一郎（一九一〇―二〇〇九）は、札幌の生まれ。戦後文壇の最前線で活動した小説家です。存在感のある人でしたし、特徴のある作品を残しました。二年前、九九歳で亡くなりました。

本名は上田重彦です。父は札幌農学校に学び、有島武郎と親交がありました。有島武郎の名作「小さき者へ」に、上田家のことが、てあつく描かれています。父と母を、幼いときに亡くした玄一郎（重彦）は、六歳のときに、父や祖母の郷里である盛岡（岩手）へ移り、子ども時代を過ごしました。そのあと旧制弘前高校（青森）へ進学。左翼活動の中心的人物となり、放校処分を受けました。「上田は思想的注意人物」と、新聞の見出しになってしまったほどです。思想的に早熟で、一〇代にして、世の中のいちばん先頭にいた人ということになります。

ただし、「針」を発表した一九三九年から「異象」を発表した一九六〇年まで、およそ二〇年が、小説家としての活動期で、とても短い。一九七〇年、『石上玄一郎作品集』全三巻（冬樹社）の刊行が始まったときには、小説作品の発表は途絶えていました。ぼくはその少しあとにこの全集を買い求めたのですが、知られた作家なのに文芸誌には全然出てこないな、でもぼくは読むのだろうなと思ったものです。人が熱心でないときに、熱く活動し、人が熱心になるときには、熱心ではなくなる。石上玄一郎の時勢に対するスタンスは特異なもので、その意味でも存在感のある文学者だと思います。

弘前高校の同級には太宰治がいて、太宰治に大きな影響を与えました。文学上のライバルということになります。二人は、実人生では接触があったものの、文学的な場面ではさほど親交はありませんでした。それぞれ強い個性を発揮した二人でした。

この『千日の旅』、ご覧のように白い表紙ですが、遠くから見ても近くで見てもとてもきれいですね。こうして見つめるだけで、しあわせな気持ちになる。自分が関係したためだけではない。作品の世界がもつ力だと思います。全集には『石上玄一郎小説作品集成』全三巻（未知谷・二〇〇八）があります。この全集の刊行は反響を呼びました。特異な作家の全作品を読むことができるようになったのは画期的なことです。表紙はロシアの画家イリーナ・ザトゥロフスカヤの作品で、『千日の旅』の絵も同じ画家です。ぼくはこの小説全集の作品をすべて二回ずつ読みました。普通は二回も読むことはないもの。読むたびに新たな感興がある。それがぼくの再読の理由です。札幌生まれなのに北海道ではあまり知られていません。この機会に石上玄一郎の作品が郷里の人たちに読まれることになるとしたら、うれしいことです。

ぼくは学生のとき、石上作品に出会いました。「黄金分割」という中編で、文学全集でした。当時、各社から出ていた日本文学全集の多くには、「現代名作集」などの巻に、石上玄一郎の作品があり、文学の読者を強く引きつけていました。たとえば筑摩書房『現代文学大系』全六九巻（一九六三―一九六八）の第六五巻〈現代名作集（三）〉（一九六八年五月／解説・進藤純孝）の収録作品を挙げてみます。

稲垣足穂「黄漠奇聞」／深田久弥「あすなろう」／坪田譲治「お化けの世界」／伊藤永之介「鶯」／中村《なかむら》地平《ちへい》「南方郵信」／北原武夫「雨」／石坂洋次郎「やなぎ座」／田村泰次郎「肉体の悪魔」／原民喜「夏の花」／芹沢《せりざわ》光治良《こうじろう》「死者との対話」／田中英光「野狐」／十和田操「戸の前で」／神西《じんざい》清《きよし》「少年」／小山清「落穂拾ひ」／川崎長太郎「鳳仙花」／石上玄一郎「黄金分割」／由起しげ子「女中ッ子」／松本清張「石の骨」／山本周五郎「その木戸を通って」／藤原《ふじわら》審爾《しんじ》「賭金」／丸岡明「薔薇いろの霧」／木山捷平「山陰」／結城信一「湖畔」

「黄金分割」は、存在論的な空気が圧縮された名編ですが、これらの作家の作品のなかにおいても強い輝きを放つもので、他に「光合成時代」を予見する「日蝕」、実存的な生き方を描く「蓮花照応」なども、各社の文学全集に収められています。

さて、ここで『千日の旅』の収録作を中心に、未知谷の全集の収録作もまじえて簡単に紹介してみます。『千日の旅』の収録作の枚数と、初出誌、発表年は次の通りです。

「針」	一三五枚	日本評論	一九三九年三月号
「絵姿」	四一枚	中央公論	一九四〇年二月号
「鰓裂」	五四枚	新潮	一九四一年五月号
「氷河期」	九〇枚	中央公論	一九四八年三月号
「秋の蟇」	一〇枚	別冊文藝春秋	一九五三年一〇月
「蓮花照応」	八三枚	文學界	一九五六年一月号

「針」「絵姿」は第一作品集『絵姿』（中央公論社・一九四〇）に、「鰓裂《さいれつ》」は『精神病学教室』（中央公論社・一九四三）に、「氷河期」は『氷河期』（中央公論社・一九四九）に、「秋の蟇」は『黄金分割』（講談社・一九五四）に、「蓮花照応」は『発作』（中央公論社・一九五七）に初収録。『石上玄一郎小説作品集成』では、第一巻に「針」「絵姿」「鰓裂」、第二巻に「氷河期」、第三巻に「秋の蟇」「蓮花照応」が収録されています。

「針」（一九三九）は、石上玄一郎のデビュー作です。東北奥地、女性たちは針仕事で、一日一日を過ごします。そこから生まれる幻想の連鎖を描くもので、要所で「針」のきらめくようすは鮮烈です。盛岡での子ども時代の見聞がもとになったようですが、こうした北方の、険阻な土俗性が、小説を彩る例は日本文学の歴史を見渡してもあまりないことで、際立った感性と意識を感じさせます。

翌年発表の「絵姿」（一九四〇）は、みちのくの古俗に材を得たものです。中世。ある長者が、山中で、ふと枝に掛かっていた絵を見つけます。そこに描かれた女性を求めて、「千日の旅」をつづける。さらに、もうひとつの旅路が重なります。旅の途中、列島各地のさまざまな人たちの運命や悲劇に心を痛める物語でもある。

水が押し寄せ、逃げるとき、船べりにつかまった男の手を斬ると、その白い手がいつまでも心に浮かぶとか、みずから人々のために命をささげた僧侶とか、こんなことが、というようなことの連続。そうした人たちと出会いながら、ようやく絵の女性に会うことになります。

中世の列島の多様な人影を映し出すこの作品は、いま読んでも古びた感じがしません。この小説は絵巻物のように進みます。いま目にしていること、読者の限られた視界にあるものが、この小説のすべてであるという感じ。中心になるものが、見えてきません。そういうつくり方なのです。現代の小説なら、もう少し軸というか、中心を設けて書いていくものですが、それがないので、読者はさまよう。どこにも身を置けない。作者は、小説の巧者ではない、という感じがします。でもその一見古めかしい作法に、この作品の強みがある。ひとつのことを全体的な視点からはとらえないで、実直に、愚直に、いま描いていることに集中する。

思えば、芥川龍之介の「トロッコ」などもそうでした。「良平」の子どものときのことだけ書けばいいのに、最後に、おとなになってからのようすを書き足す。わざわざ。（笑）よせばいいのに。それで興が醒めるとしても、そのことを書く。国木田独歩の「馬上の友」も、しかりです。仲良しの友だちと、別れる。友だちは、馬に乗って送ってくれる。でもここまで、と二人はそこで別れる。子どもの話なのに、その悲しみが胸に迫る。読んだ人には忘れられない名作です。でも、二人はおとなになってから再会するとある。ああ、そんなくだりはないほうがいいのに、と思う。（笑）でも正直に書くところに作品の世界がある。いまだと、国語教育の知識でしかものを見られなくなった文芸誌の校閲の人が、「ここは、いらない」と削除することでしょう。でも書く。石上玄一郎の作品には、いまの視点からはこぼれるような、失われた物語の息吹があります。そこが魅力です。

楽譜の行商

「鱒」(一九四一)という作品があります。『石上玄一郎小説作品集成』第一巻に収録されています。この作品を、今回の『千日の旅』に入れるかどうかで最後まで悩みました。できるだけ定価を下げて、石上作品に読者が出会えるようにするのが、『千日の旅』刊行の意義でもあるので、結果としては割愛しました。「鱒」は、他の作品と比べると圧倒的な秀作というものではなく、作者のものでは平凡な部類のものかと思います。作家になる以前、青森・弘前から東京に移った直後の生活を描いたようです。逵助は、青森から上京。知り合いもない。

同郷の先輩を頼り、ようやく見つけた仕事は、楽譜の行商。異国の楽譜を売りに、あちこちの音楽学校を訪ねていく。それもブレーキのかからない自転車で、町から町へ売り歩く。ブレーキが壊れているのですから、たいへんなことですね。(笑) ある日、道端で、疲れて歩いていたら学生に声をかけられ、シューベルトの「鱒」(フォレーレ)の楽譜はあるでしょうか、と聞かれる。最後は、自分の育った東北・岩手の町を歩いたときのこと。橋の下に、ほんものの鱒がいた。それを見つけたひとりの男が、川に飛びこんでつかまえようとする。

はげしい水音がしてさっと飛沫が散ると男の白い軀が透明な水のなかで二、三度吹流しのようにひらひらと翻った。遼助は魚が尾鰭を一方へ大きくまげたのをみた。するとそこから上手《かみて》へ、あたかも鳥影のうつるように、黒いものが川底を掠めて行った。

シューベルトの「鱒」を出したからといって、最後にわざわざ、ほんものの鱒が出なくてもとも思いますが。（笑）作者の実体験をそのまま書いたものかもしれない。初めて読んだとき、物足りないなと思いました。この小説は楽譜の行商という当時としてもめずらしい仕事を書きとめたことになるが、どこに力点があるのかはっきりしないまま、いつのまにか終わる。話に、中心となるものがないのです。でもぼくはそれが面白いと感じた。作品の楽しみは、こんなところにもある。いつも、いつものところにあるわけではない。それを知らせてくれるのが、石上文学のよさだと思えるようになりました。

さて、もとにもどりますが、「針」「絵姿」は、戦争に向かい、自由な書きものがゆるされなかった時代に書かれました。歴史ものであれば、ということで、ゆるされたのだと思います。そうした制約のために、日本のなつかしい風景が照らし出されることになりました。井伏鱒二の「さざなみ軍記」（一九三〇）や、本庄陸男《ほんじょうむつお》の「石狩川」（一九三八―一九三九）など戦前同時期の作品も歴史ものでした。この時期は「系譜小説」と呼ばれる作品も書かれました。一家、一族をたどるという意味では「石狩川」はその両面をそなえています。

さて「鰊裂」（一九四一）は、いまも人に残る魚類の痕跡「鰊裂」の話から始め、「私には人間の心に奥深く潜んでいるもの、忘れられた古い人間の姿や、祖先の精神生活の跡といったものがおぼろげながら感ぜられるような気がする」として、札幌と盛岡での幼少の日々を再現。

夜はひややかな青銅の色をしていた。私は大きな砂時計の中にいた。私は夜が私の周囲につめたい砂をふりまいて行くのを感じた。しんしんとそのこまやかな砂はつもって、やがて私を埋めつくすほどになった。私はもはやよるべなきものであることを知り、声をあげて激しく咽び泣いた。

この他に、子どものときの怖い話など、面白い場面もいっぱいあります。「鰊裂」は、感覚の動き、美しさにおいて中勘助の名作「銀の匙」（一九二二）を引き継ぐ名編かと思われます。同じ北方でも、札幌と、盛岡の風土は同じではない。そのちがいも鮮やかに記されています。地域を見る感性には、きわめて鋭いものがあります。

石上玄一郎の小説は、実存思想、民俗学、仏教思想、科学の知識などが渾然としています。思想から生まれた小説、ということになります。この世の一切は「おおいなるものの語るひとくだりの浄瑠璃」のなかにある（「針」）。「我々はいとも古きものであり、かつてあらゆる時間に生き、あらゆる空間に棲んでしかもなお今日ここにこうしているからである」（「鰓裂」）。思想の小説といっても、かたくるしいものではない。石上玄一郎の作品を読んでいると、いろんな色彩やかたち、ざわめきの向こうに、これまで見たことのない、柔らかなものが目に浮かんできます。石上玄一郎はいつもそのなかを歩いているのだと思います。

またぼくはその文章にも魅せられます。「使用する牛馬はまたその数を知らず、山に追い上ぐれば山の容《かたち》が変り、野に追い下ろせば野の色の改まるほどである」（「絵姿」）といった表現は、文章を書く上での深い素養を感じさせるもので、漢語の詩的運用のみごとさは、同世代の他の作家には求められないもの。思想の人であると同時に文学の人であること、そこにこの作家の生き方があるようです。

戦後文学を代表する名作のひとつ、長編「自殺案内者」（一九五〇—一九五一）は、旅館の客引きの男が、船で着く客のなかから、自殺するであろう人をいちはやく見つけ、その人のようすを終始観察する。人道上あまりよくない話なので、いまは語りにくい作品ということになります。その意味では反近代的な生命観を提示した深沢七郎の「楢山節考」(一九五六)に通じるものでしょう。ぼくは福井の東尋坊のある町の生まれです。東尋坊は自殺の名所。それもあって注意ぶかく読みました。(笑)人間の「死」のふところに飛びこまなくては「生」も見えない。「自殺案内者」の視点は、他の作家にはもちようのないものだと思います。ぼくは『千日の旅』の解説のなかで、「石上玄一郎の世界には、文学についてまだまだ見たいもの、これから感じとりたいものが結集し、密生している」と書きました。この「自殺案内者」はまさしく、これからの文学のために「生きつづける」作品なのだと思います。この戦慄的な名作は『石上玄一郎小説作品集成』の第三巻で読むことができます。

また「緑地帯」という戦時中に書かれた長編は、六九二枚。石上玄一郎が書いたもっとも長い作品です。都市緑化運動の組織内部の動きを克明に描くもので、世の中よりも半世紀ほど先を行く内容だと感じました。この「緑地帯」は、『石上玄一郎小説作品集成』の第二巻に収録されていますが、その先見性が広く知られるためにも、『緑地帯』という独立した一冊として、あらためて刊行されていいものかと思います。

知識への通路

石上作品を知ることができたのは、文学全集があったからです。ぼくは中学のとき、福井市のおばさんのところにあった、新潮社の『日本文學全集』全七二巻（一九五九—一九六五）を借りて読みましたが、あとでおばさんから全巻もらいました。この文学全集の、たとえば『徳田秋声集』には「あらくれ」「風呂桶」などが入っています。どれも渋い味わいのある作品ですが、五〇歳くらいになると、「そろそろ、君にもわかるのでは。どうですか」と、本のほうから声をかけてくるような感じも。全集があることで、空気がちがう。読まなくても、何十年も本の背中を見ていると、島崎藤村の「夜明け前」のなかみも、わかる気持ちになるから不思議です。（笑）文学全集を家の外に追い出した。そのあたりから、いろんな奇妙な、人間崩壊の予兆とも思える事件が起きるようになりました。

文学は、実学です。厳密な文章で、人間の繊細な部分、深い心理を教えてくれる。人間の大切なものを教えてくれる。その意味で、虚学ではなく、実学なのであり、その実学としての働きを無視したところで、いまの教育も行われています。文学部という名前では就職に不利、人が来ないということで、文化表現学部、芸術情報学部、創造芸術学部、人間文化学部とか、わけのわからない名前にするところがとても多い。「文学部か、はは」というところで、一般におおづかみにされるのもいいもので、そのおおづかみな固定観念に対して、文学部を卒業した人が「そうでもないよ」などと応じる。（笑）そこに人間的な、面白いものが生まれる。名前をこまかくしたところで、いいことはない。文学は無用のもの、役に立たないものという見方こそどうかすると怖ろしいもので、文学を遠ざけたことも一因となって、ことばや文章に即してものを考えたり、確認する機会がなくなり、人の心に対する想像力が乏しくなりました。身も凍るような、怖い事件が多発していますね。「夜明け前」は一度読み、退屈で面白く思えなかったけれど、それでも五〇歳を過ぎて再読したときは、歴史というものをこんなふうにきちんと書くものは、世界にもそれほど多くはないと思い、あらためて名作の大きさを感じました。

いいものを読んでいたい。ふれていたい。そうすることで本の感想だけではなく、人として思うことも生まれるのでしょう。自然との接触がなくなったいま、本を読まなくては自然のこともわからない。人についてもわからない。本がないと、ものを思うこともない。それが今日の、文学との基本的な関係だと思います。新潮社の『日本文學全集』は全巻合わせて、一五〇〇万部売れました。超ベストセラーでした。みんながみんな読んでいたはずはない。でも全集があると、空気がちがいます。空気ほど大切なものはない。

もうひとつは、文学の知識が乏しく、単純になったことです。先日、鉄道ファンの人がいて、千葉のいすみ鉄道の車輌には、信越の大糸線から譲り受けたものがある、銚子電鉄の車輌には京王電鉄、伊予鉄道と渡ってきたものがあるなど、ほんのちょっと聞いただけなのに、すごい知識。知識が止まらない。（笑）近く北海道に行くんですけど、北海道のスイッチバックはと聞いたら、即座に「遠軽《えんがる》」。鉄道ファンは何十万も、いることでしょう。その千分の一でいいから、文学の知識をもつ人がいたらいいのに、と思ってしまいます。（笑）石上玄一郎の最初の作品集は、たしか一九七〇年から翌年だろう、帯は、第一巻が武田泰淳、第二巻は本多秋五、第三巻は堀田善衞だったかな、までは望まないとしても、「青空」の同人は梶井基次郎、中谷孝雄、三好達治、淀野隆三らだとか、このくらいのことは言ってほしいもの。以前は学生でものすごい知識をもつ人がいました。いまはマスコミに登場する人と、数人の文豪くらいしか知らない。知らなくても生きていける社会になった。知識を求めない世界で、人は十分にやっていけるということです。そういうことでほんとうにいいのかどうか。知識が乏しいと、感性も狭まっていきます。知識はただ多くのことを知るだけではない。どうしたら知識を得られるか、ということを知ることも大切だと思います。

近代文学の知識は、中村光夫『明治文学史』、臼井吉見『大正文学史』、平野謙『昭和文学史』（いずれも筑摩叢書・一九六三）、伊藤整『近代日本の文学史』（カッパ・ブックス・一

九五八、夏葉社・二〇一二)、奥野健男『日本文学史――近代から現代へ』(中公新書・一九七〇)、高見順『昭和文学盛衰史』(文春文庫・一九八七)などの何冊かを読むだけで、二〇日もすれば基本的なことがほぼわかるかと思います。石上玄一郎をまず読み、同世代の作家、田宮虎彦も読むというふうに進めていくと、ひとつの基軸が見えて理解が加速します。

田宮虎彦には、石上玄一郎の「絵姿」に通じるような、列島各地を歩く「霧の中」(一九四七)などのすぐれた歴史小説があります。では石上玄一郎の文学は、どこから来たのか。それも知りたくなります。その淵源をたどるようにして大正、明治へと足を伸ばす。そんな方法もあるでしょう。石上玄一郎の作品を基点に読んでいくのはいいことだと思います。読書の世界がひろがるはずです。ご清聴、ありがとうございました。

(二〇一一年一〇月一九日/札幌市・北海道自治労会館)

「世界の名作」の輝き

こんにちは。今回は、世界の名作について話したいと思います。

小説は、いきなり始まってしまう。たとえば一九世紀フランスの文豪、モーパッサン（一八五〇―一八九三）の「オルラ」（一八八六）。その冒頭の一節。「窓からは、いながらにしてセーヌ川が見える」（青柳瑞穂訳）。ここで、読む人はどうなるか。

分岐点と開放点

「セーヌ川」を知る人はそのまま進むし、イメージをもたない人は、つまずく。さらに地名、人名、職業、物。知る人はわかり、知らない人はわからない。そのたびに、それが分岐点となる。西欧の小説には聖書や古典のことばが多い。文化も風俗も異なるので、わかりづらい。次から次に、容赦なく現れる分岐点。でもそれを乗り越えると、全体の輪郭が見えて、気持ちを合わせることができるようになる。いわば開放点が現れる。それが海外の文章を読むということなのだと思います。以下、発表順に簡単にふれてみます。

プーシキン「オネーギン」一八二三―一八三〇／岩波文庫
デュマ・フィス「椿姫」一八四八／角川文庫、新潮文庫、光文社古典新訳文庫
シュトルム「みずうみ」一八四九／岩波文庫、光文社古典新訳文庫
チェーホフ「ともしび」一八八八、「学生」一八九四／岩波文庫
ワイルダー「わが町」一九三八／ハヤカワ演劇文庫
サローヤン「ヒューマン・コメディ」一九四三／光文社古典新訳文庫
プラトーノフ「帰還」一九四六／『プラトーノフ作品集』岩波文庫

プーシキン（一七九九―一八三七）の「オネーギン」は五三〇〇行に及ぶ、詩の形をした韻文小説。それを散文に訳し変えた、池田健太郎訳『オネーギン』（岩波文庫）で紹介します。裕福な知識人の青年オネーギンは、当時のロシア社会になじめず、無為の日々を過ごす。ある日、地元の美しい娘タチヤーナから愛の告白をうけるが、彼女を遠ざけてしまう。もったいないことです。（笑）恋は、いつでもできると思ったのです。そのあと、

彼女は人妻となる。落ちぶれた彼は、そのときになって彼女への愛にめざめるという話。オネーギンが衰えていくいのちを、ふりしぼってつづるタチヤーナへの手紙。「(……)僕は、こう考えたのです。──自由と安らぎは幸福に代り得る、と。ああ、何という間違いだったでしょう」「あなたの前で悩みほうけ、青ざめ、消えて行く……これが幸福だったのです」。タチヤーナからの、最後の返信。「せめてあの時、あなたが私の幼い夢に一片の哀れみを、幼さに対する一片の同情を持って下さったなら」「仕合せは目の前にありましたのに、手を伸ばせば届くほど近くに……」。

人生を甘く見たオネーギン。悲劇です。こうならないようにしたいものです。映画「オネーギンの恋文」(一九九九)。凍った湖の上で、タチヤーナがスケートを楽しむ。そのようすをこっそり見つめる、老い衰えたオネーギン。ががた震えながら「あ、あ、あ」という哀れな感じ。以前はこの場面を紹介するとき、ぼくは体を揺らしたのですが、いまは年をとったので、そのもの。(笑)さて、一瞬、タチヤーナは向きを変え、オネーギンのすぐそばに近づくのですが、突然、彼の目の前で、さっと向きを変えて、滑り去る。幸福は、目の前にあったのですが、向きを変えたのです。(笑)

「オネーギン」は、ロシア文学の重要な起点となりました。オネーギンはたしかに哀れですが、「余計者」として生き、思ったことを行動に移さない。知識と教養があっても、果てしなくひろがるロシアの大地を目にすると、どこから手をつけていいのか途方に暮れ、結局、無為のまま人生を終える。「余計者」を引き継ぐ、ゴンチャロフ（一八一二―一八九一）の大作「オブローモフ」（一八五九）の貴族オブローモフはとてもきれいな目をしている青年。でも彼も、あれこれ思いめぐらしながら実行しない。無為懶惰《らんだ》な日々を送る。自己変革を夢みながらも、いつもの自分にとどまる。そういう強さ、すこやかさがある。一年半前からの現在のロシアのようすを見ていると、思ったことをしてしまう人がいるということです。それも、とても怖ろしいことをしてしまう。何もしないこと。それが、ロシア文学が本来もっている、大切な一面です。そんな見方もできるように思います。

デュマ・フィス（一八二四―一八九五）の「椿姫」。若い美貌の高級娼婦マルグリットは青年アルマンとめぐりあい、真実の愛を知るが、青年の父の説得を受け入れて、身を引く。そして、さみしく死んでいく。

印象的なところを一つ。それは、見舞いです。お互いを十分に知らない段階で、マルグリットが病気だとわかったアルマンは、名前も告げず二カ月間、毎日、見舞いに行きます。彼女はそこでようやく心を開くことになります。相手を愛することは、なにより先にその人の健康を祈る。これに尽きると思います。他のことは考えてはいけません。（笑）「椿姫」は愛の真実を照らす、不動の名作です。

ドイツの文豪シュトルム（一八一七―一八八八）の「みずうみ」。ラインハルトと、エリーザベト。小さいときから、いつもいっしょに森や野原を歩く。とても仲良し。時が過ぎ、疎遠に。エリーザベトは親の考えで、共通の友人エーリヒと結婚し、湖の近くで暮らす。二人のことを知らないエーリヒは、ラインハルトに、家に遊びに来いよ、と誘う。エリーザベトには内緒だから、君が来たら、彼女、きっとおどろくと思うよ、と。こういう男、いますよね。（笑）エリーザベトは、おどろきます。二人は湖畔を歩く。

「あの青い山のむこうに、ぼくたちの青春時代はあるのですね。あれは、どこへいってしまったんだろうか……」。そして別れの日。「あなたは、もう二度ときてはくださらないのね。」と、エリーザベト。「ええ。もう。」とラインハルト。

この名作のよさ。それはまず、老人が登場し、以上の回想のあと、最後にまた老人が登場するというところにあるように、ぼくは思います。

とてもつらく、悲しい思い出をもつ人がある。でもその人がいまも生きて、生きていて、その思い出を語ることができる。そこに、ほのかな明るみが感じられるのです。歳月がもたらす情感を、静かに深く見つめた最上の名作です。人間の光景はすべて、この「みずうみ」に浮かぶ。そんな気がしてなりません。結城信一訳「みずうみ」（『みずうみ・三色菫』偕成社）から引用しました。

チェーホフ（一八六〇―一九〇四）は「学生」「ともしび」など短編でも多くの名作があります。「学生」は神学大学の学生イワンの話。春なのに冬に逆戻りのような寒さ。歩いていたら、母と娘、ともに後家さんですが、焚火をしています。イワンも何か話さないといけないなと思い、ちょうどこんな寒い晩でしたね、使徒ペテロが焚火にあたっていたのはと、福音書のイエスとペテロの悲話を語ると、母親は急に泣き出し、娘も重苦しい表情に。「千九百年むかしにあったこと」が、いま彼女たちの心とかかわりがあることは明らかだ、とイワンは思う。「過去は、と彼は考えた、次から次へと流れ出る事件のまぎれもない連鎖によって現在と結ばれている、と。そして彼には、自分はたった今その鎖《くさり》の両端を見たのだ――一方の端に触れたら、他の端が揺らいだのだ、という気がした」。

二二歳のイワンは、人間とは不思議なものだ、すごいものだと、人間生活の「真理と美」にめざめるのです。人間についてしっかり勉強しようと、彼は初めて、心の底から学ぶこと、知ることの意義にめざめたのだと思います。いまはどうして勉強するのか、そのことがわからない若い人もいる。そんなとき、この「学生」の文章は心に響くのではないでしょうか。松下裕訳『子どもたち・曠野 他十篇』（岩波文庫）で紹介しました。

チェーホフはロシア南部のタガンログの生まれ。二〇二二年二月二四日、ロシアが侵攻したウクライナのマリウポリから、約九〇キロ。二つは近い距離にある都市です。

ソーントン・ワイルダー（一八九七―一九七五）の戯曲「わが町」は、二〇世紀初頭のアメリカの田舎の、ごく普通の家族の話です。舞台監督が出てきて、さあ、始まりますよ、みたいな感じで、始まります。第一幕（一九〇一年）、第二幕（三年後の一九〇四年）では、若い恋人たちを中心にして、二つの家族の幸福な時間が流れる。最後の第三幕（さらに九年後の一九一三年）では、何が起きているか。それは想像を超えたものでした。あんなに明るく元気だった人たちの世界が、九年後に暗転。そのなかの何人かが亡くなっていたのです。九年というのは、そういう歳月ですよね。若くして亡くなったエミリーは、闇のなかで、生きていた日々を目にします。まだ寝てるの、起きなきゃだめよといわれたり、みんなで食事をしたり、たわいもないことを話したり。そんな何げない光景の一つ一つがいとおしく見えてくる。それはすべて、生きているときには見えなかったものです。エミリーは暗闇の世界から、人生の価値を問いかけます。

「人生というものを理解できる人間はいるんでしょうか――その一刻一刻を生きているそのときに？」

この部分を、実際の声で、どれほど深く表現できるか。それを俳優たちは思い描く。そこに、この戯曲の人気の高さがあるのだろうと思います。現在、毎日のように世界のどこかで上演される。それが「わが町」です。鳴海四郎訳『わが町』（ハヤカワ演劇文庫）で紹介しました。

美しい人たち

ウィリアム・サローヤン（一九〇八―一九八一）の「ヒューマン・コメディ」（「人間喜劇」の訳題もある）は強い輝きを放つ、世界の名作です。光文社古典新訳文庫『ヒューマン・コメディ』（小川敏子訳）で紹介します。

カリフォルニアのイサカ（架空の地名）のマコーリー家の人たちが、第二次大戦下の日々を過ごす話です。主人公ホーマー、一四歳。父は、二年前に死亡。兄マーカスは、戦地へ。母親のマコーリー夫人と、子どもたちで家を守るのです。姉のベスはピアノを奏でる。みんな歌が好き。まず登場するのが、弟のユリシーズ、四歳。汽車に乗っている人たちに手を振るのですが、一人の黒人だけが、手を振って応えてくれました。「故郷に帰るんだよ、坊や。自分の場所に！」といいながら。ユリシーズは、ほほえむ。

〈ふと、笑顔が浮かぶ。マコーリー家の笑顔だ。やさしく、賢く、つつましく、あらゆるものに「こんにちは」と呼びかける微笑《ほほえ》みだ。〉

ホーマーは学校に行きながら、自転車で電報配達をしています。局長も電信士も、少年を励ます、心の優しい人たちです。でもホーマー君には、つらいことがあります。それは戦死を知らせる電報を、その家族に届けるときです。人間とは何だろうと悩み、苦しむ。そんなホーマーの姿を、おとなたちは、あたたかく見つめます。

この作品の人たちは、すべていい人です。小島信夫訳『人間喜劇』(研究社出版・一九五七)の栞に「心美しい登場人物」として、二一人の一覧表があります。みんな「心美しい」。その通りです。兄マーカスの戦友トビーは、戦地へ向かう途中、マーカスの話を聞くうちに、見たこともないイサカの町と、一家のことを好きになるのです。「イサカはぼくの故郷だ。そこでぼくは暮らす。死ぬときにはイサカで死にたい」。戦地で負傷した彼は、その町へ向かう。そこまで好きになるとは、あまりに美しい話です。でも人間は、よい心で生きていく。それで生き通していいのだと思えてきます。

兄の戦死の電報を、ホーマーがわが家に届ける。トビーが同じ知らせをもって、その家に向かう。夫人は、悲しい知らせとわかっても、「どうぞお入りになって」と、やさしく迎えいれます——。これまで、よい人だけで小説が成り立つ例はなかったように思います。多くの小説は、悪い心や影のあることをもとに生まれた。そのために、大切なものを失うこともあったかもしれない。その意味でも、これは特別な名作なのだと思います。

プラトーノフ(一八九九—一九五一)の「帰還」は『プラトーノフ作品集』(原卓也訳・岩波文庫)に収録されています。戦争が終わり、復員したイワノフの話です。四年に及ぶイワノフの出征中、彼の妻はさびしさを埋めるために、どうも、よその男の人と関係したようです。問いつめられた妻は、そんなことはないといいながら、不在の間の気持ちや二人の子どもを育てた苦労などを切々と語りますが、傷ついたイワノフは、家を出ます。駅から汽車が出ました。踏切を過ぎるあたりで見ると、砂道を走って、小さな子どもたちが追いかけてくる。「二人一度にころび、起きあがり、また走りだした」。イワノフの方に向かって手を振って、追いかけてくる。子どもは、兄と、まだ小さな妹です。

妹がころぶと、兄がその手をとる。二人でいっしょに、追いかける。かわいらしいですね。胸に迫ります。イワノフはそれを見て思います。「これまで知っていたすべてのことを、彼は突然、ずっと正確に現実的に思い知った。これまでは自尊心と、自分自身の関心という障壁ごしに人生を感じてきたのだが、今ふいにむきだしになった心で触れたのだ」。イワノフは砂道に、列車から飛び降りました。子どもたちのいるところへ——。現代ロシア文学屈指のラストシーンとして知られています。

プラトーノフには、中央アジアの砂漠に生きる少数民族を描く「ジャン」という代表作もあります。気温の高いところですね。ロシア文学は酷寒の世界をもっぱら描きますが、プラトーノフの作品には、それとは異なる空気を感じます。発禁状態がつづいたロシアでは、近年次々に作品が公開されています。日本では、二〇二二年に『チェヴェングール』、二〇二三年には『ポトゥダニ川』などの翻訳が出ました。二〇世紀前半のロシア最大の作家、プラトーノフの全貌はこれから明らかになると思います。

最初に述べたように、「世界の名作」は、分岐点の連続。わかりづらい要素がいっぱいあるので、読むのに時間がかかります。でもそこには特別な輝きがある。人間の本質が、強い波に洗われたあとのように、鮮やかに提示され、読み返すたびに感動が深まる。日本の名作は、地面でつながっているので、見たこと、知っていることも多い。これはあれだよ、というふうに読んでしまうことがある。いいことが書かれていても、どこかすなおに受けとれない点が残る。ところが「世界の名作」は、遠い国の人が書いているので、意外にすなおな気持ちで読むことができる。いってみれば、「世界の名作」は、父親や母親ではなく、おじさん、おばさんのような存在です。親が何かいうと、反発したくなる。でもおじさん、おばさんが、これはこうなのよというと、すなおになれる。大切なところを受けとめることができる。そういう関係ではないかと思います。

「世界の名作」は、そんな気持ちで読んでいくと、いいのかもしれません。ご清聴いただき、ありがとうございました。

（二〇二三年一〇月八日／福井市・福井県立図書館）

思い出の文学

こんにちは。平日なのに多くの方にお越しいただき、ありがとうございます。配布したA4のブルーの紙のリストは短歌、俳句、小説、批評・エッセイで、裏面には詩。複写も、すべて自分でしました。作者の生没年も小さな文字で一角に。「思い出の文学」という題は、記憶に残る、つまり思い出となった文学という意味のつもりでしたが、こうしたリストをつくってみると、思い出について書いた文学作品というふうにもとれる。名作の多くは、思い出を書いたものだと感じられてきます。まずは、小説から。発表順です。

〔明治・大正・昭和戦前〕

尾崎紅葉『多情多恨』一八九六／岩波文庫

国木田独歩「画の悲み」一九〇二、「馬上の友」一九〇三／『運命』岩波文庫

正宗白鳥「入江のほとり」一九一五／『入江のほとり 他一篇』岩波文庫
内田百閒「山東京伝」一九二一／『冥途・旅順入城式』岩波文庫
葉山嘉樹「淫売婦」一九二五／『葉山嘉樹短篇集』岩波文庫
中野重治『汽車の罐焚き』一九三七／角川文庫

尾崎紅葉（一八六七―一九〇三）の「多情多恨」は明治二九年。とても親しみを感じさせる名作です。鷲見《すみ》柳之助は、物理学の教師。まだ若いときに妻が病気で死んでしまう。亡くなって何日もたつのに、悲しくて悲しくて。「彼の胸の内には、その可愛《かわゆ》い可愛い妻の類子《るいこ》は顕然《まざまざ》と生きているのである」。葉山という親友がいる。妻類子と、葉山だけを彼は好きだった。その葉山くんに、うちにでも来いよといわれて、行く。葉山家からは富士山が見える。「好い！　君の家《うち》は好いな、僕の家はいかん。こういう所にいたい」と柳之助。「いたければ、どうだい、当分来ていては」と葉山。でも柳之助には気になることがある。「富士の雪は好い、座敷は奇麗で、陽気で好いが、ただ一つ好くないのは、細君が居る！　その虫の好かぬお種さんと同じ家にいられようか」というわけです。その人のことは、好きだけれど、その奥さんのことは好きじゃない。よくあることですね。（笑）人生の苦しみの一つです。でも好きではないお種さんと、少しずつ心が通いあうことに。ぼくは人間の苦しさも知ったし、楽しさも見た。そんなゆたかな気持ちになる。近代日本最初の傑作だと思います。でも、そのあと大正、昭和と進んでいくと、ご存じのように、いろんな、もっと深みのある名作もたくさん出てきましたよね。「多情多恨」は、それと比較されると、少し困ります。ですから、あまり期待しないでください。(笑)

運命

さて「多情多恨」は、文章の歴史の面でも画期的な作品です。その頃まで文学作品は文章語、つまり文語で書かれていた。文末なら「なり」「たり」「けり」などで終わるものでしたが、明治中期に登場した文豪たちは、新時代に応えて、文語ではなく口語で書くようになる。「彼の胸の内には、その可愛い可愛い妻の類子は顕然と生きているのである」。尾崎紅葉は「多情多恨」を、このように「である」調で書いた。二葉亭四迷は「だ」調、山田美妙は「です」調を主軸にしました。お互いの出方を見ながら、方針を立てたことになる。尾崎紅葉は「多情多恨」の翌年から発表の、稀代の名作「金色夜叉」では、会話以外は文語です。「である」調という新しい表現は一般読者にはあまりよろこばれなかったようで、また元に戻ったのです。文学は格調のある美文で書かれてこそ、ありがたみがある。そのように考えた人が当時まだ多かったことになります。このあたりの動静は、実に激しくて面白いです。個々の名作より面白いかもしれません。

中学のとき、図書館の本で、国木田独歩（一八七一―一九〇八）の作品に出会いました。『運命』（岩波文庫）の一編「馬上の友」は一五歳のときの、「かし馬」の家の友だちのこと。彼は貧しく、父親の反対もあり学校に行けない。こちらは遠くの学校へ進むことになり、彼は馬に乗って見送ってくれる。もうここでいいから、というと、「もすこし」。こうして別れる二人の姿は、いまも胸にせまります。「画の悲《かな》しみ」は、あまり親しくなかった二人の子どもが川辺で絵をかいたのをきっかけに、仲良くなる話。それから二人はいっしょに野山を歩き、日の暮れるまで絵をかく。そのあと音信が途絶えるが、彼が一七歳で病死したことを「自分」はのちに知る。ともに歩いた野末に行き、涙を流す。人と人が心を通わせるきっかけは一瞬のことで、神秘的なもの。こうした人間の大切な場面が明治の時代からていねいに扱われていた。ぼくは二人が少しずつ仲良しになる場面が好きで、よく読みかえします。子どものときに読んでも、おとなになって読んでもいい。そういう作品を独歩は書きました。子どもとおとなが忘れてはならないことを描く。

国木田独歩の作品で、文学と出会う人は多い。中野好夫編『現代の作家』（岩波新書・一九五五）は、著名な作家たちが読書遍歴を話したときの内容をまとめたものです。志賀直哉、正宗白鳥、里見弴、高見順、野間宏、佐藤春夫、井伏鱒二、川端康成、田宮虎彦、広津和郎、木下順二など二〇人。近代の文学については、国木田独歩の作品について語る人が多数。熱心に読んだ、あるいは影響を受けたと語るのは、正宗白鳥、佐藤春夫、平林たい子、川端康成、井伏鱒二、大岡昇平など。「志賀直哉も中学時代から読んだが、特に感銘はなかった。むしろ国木田独歩の方に強い印象を受けた」（大岡昇平）。いまも国木田独歩の存在感は変わりないように思います。思い出を書いた独歩の作品が、読む人の思い出となる、というふうに運命づけられているのだと思います。

葉山嘉樹（一八九四―一九四五）の「セメント樽の中の手紙」（一九二六）は、四〇〇字で七枚。芥川龍之介「蜜柑」（八枚）、里見弴「椿」（八枚）と並ぶ、大正期最短の名作です。木曽川の工事現場で、松戸がセメントあけをしていたら、セメントの中の小さな箱に、女性の手紙。私の恋人は、あやまってクラッシャーにはまり、「私の恋人はセメントになりました」。このセメントは何に使われますか。「あなたが労働者だったら」教えて下さい。「あなたが、もし労働者だったら、私にお返事を下さいね」。女性の、恋人を思うことばは永く胸に残ります。「淫売婦」（三九枚）は、題から想像がつくと思い、遠ざけていましたが、読んで、びっくりしました。船員の「私」は横浜で、蛞蝓《なめくじ》みたいな顔の男らに金をとられ、倉庫のような建物に連れて行かれる。腐った畳の上に、瀕死の全裸の二二、三歳の女性が横たわっていました。「好きなように」していいと、男たちは言うのです。

女性を見世物にして男たちは生きているのだと思い、義憤を感じた「私」は彼らに飛びかかる——。そのあとどうなるか予想できる人は、多分いないのではないかと思います。生きることの意味が、これまでにない新しい角度から見えてくる傑作です。他に正宗白鳥（一八七九—一九六二）の「入江のほとり」、内田百閒（一八八九—一九七一）の「山東京伝」などが大正期の特色のある名作です。また、嘉村礒多（一八九七—一九三三）の代表作を収めた『嘉村礒多集』（岩波文庫・二〇二四）も感銘深いものがあります。

昭和初期、「綿」（一九三一）、「清水焼風景《きよみずやき》」（一九三二）などで労働文学に新生面を開いた須井一《すいはじめ》（一八九九—一九七四）は、本名・谷口善太郎、別名・加賀耿二。主要作は『谷口善太郎小説選』（新日本出版社・一九六三）に収録されました。

中野重治（一九〇二—一九七九）の「汽車の罐焚き」は、北陸の機関区で働く罐焚きの鈴木さんに、話を聞く。労働のようすがいきいきと伝わってきます。「話を聞く」といえば、この連続講座の次回は、関川夏央。二月二三日、金曜、午後二時。次回のご案内までしてしまう。（笑）関川さんは、ぼくら同世代の代表者です。同年生まれです。三〇年ほど前、関川さんとぼくは朝日新聞の書評委員で重なった時期があり、関川さんに、いつもいい書評を書かれていますが、心がけていることは何ですかと、おそるおそるたずねた。するると、「自分の書いた書評の文章を読む。どこにも誤りがないように、何回も何回もしっかり読むことだね」と。はい。（笑）その通りだと思います。

〔昭和戦後・平成〕

小林　勝「軍用露語教程」一九五六／荒川洋治編『昭和の名短篇』中公文庫
谷崎潤一郎『瘋癲老人日記』一九六二／中公文庫
佐多稲子「水」一九六二／『キャラメル工場から』ちくま文庫、同前『昭和の名短篇』
深沢七郎「おくま嘘歌」一九六二／『庶民烈伝』中公文庫、同前『昭和の名短篇』
阿部　昭「明治四十二年夏」一九七一／同前『昭和の名短篇』
瀬戸内寂聴『場所』二〇〇一／新潮文庫

小林勝（一九二七—一九七一）の「軍用露語教程」は予科士官学校での話。潔は、対ソ作戦のためにロシア語の学習をさせられる。教官からロシアの原書を借りた潔は、ロシア語への興味がふくらみ、それが心の支えになります。でも特攻要員となる彼は、教官から「もうロシア語どころではなかろう」といわれ、突然、ロシア語を奪われてしまうのです。ものを知るよろこび、それから切り離されるときの思いを瑞々しい文章で描くものです。小林勝は、第一作品集『フォード・一九二七年』（講談社・一九五七）に収められました。

少年時代を朝鮮で過ごし、「フォード・一九二七年」などすぐれた作品を書きました。同じころに日本統治下の朝鮮に生まれた梶山季之《かじやまとしゆき》（一九三〇―一九七五）の「李朝残影」（一九六三）、「族譜」（一九五二、一九六一改稿）など、朝鮮と日本の人たちのために書いた秀作は『李朝残影』（光文社文庫）で読むことができます。

観覧車の二人

『瘋癲《ふうてん》老人日記』は谷崎潤一郎（一八八六―一九六五）の、最晩年の長編。一九六二年、七五歳のときの刊行です。「不良老年」卯木《うつぎ》督助《とくすけ》の日記で、漢字とカタカナ。督助は七七歳、裕福で教養もあるけれど、病と痛みに苦しむ老人。息子の嫁、颯子《さつこ》は意地悪だけれど若くてきれい。踊ってたのでほら足がこんなになって、と颯子。「ドレドレ、チョットオ見セ」と督助。浴室の彼女から、入りなさいよ、といわれる場面。「這入ツテモイヽ？」「這入リタインデセウ」「別ニ用モナインダケレドネ」。一五カラットの「猫眼石」をねだられる。三百万円。高くつくけれど、老人にとって、女性は命の支えです。見渡すところ、みなさんお若いので、督助さんとは無縁かもしれないけれど（笑）ゆくゆくは……。はずかしいので自分で語らないけれど、誰にも、どこにもある話。そういう世界を書きました。しっかりと。作者は自分に酔いしれるようすがまるでない。澄み切って無表情です。

谷崎潤一郎は、高いところにいる人ではなく、本質的に「庶民的な」文豪だと思います。真の文豪の作品は、どの人がどのようになっても、その姿を見つめる、おおきなものだということがわかります。日本文学の最高傑作の一つです。

深沢七郎（一九一四―一九八七）の「おくま嘘歌」。六三歳のおくまさんは、ときどきバスに乗って娘の家へ行きます。娘には、まだ小さな男の子がいて、おくまは、その孫のことも可愛いけれど、ほんとうは娘の顔を見たい。娘がどうしているか知りたい。娘には隠したい、微妙な心の動き。こうしたありふれた、でもとても重要な愛情の小景は、漱石や鷗外には書けないものでした。他に佐多稲子（一九〇四―一九九八）の「水」、阿部昭（一九三四―一九八九）の「明治四十二年夏」、瀬戸内寂聴（一九二二―二〇二一）の『場所』も忘れられない名作です。

次は、短歌。生年順に挙げてみます。

白鳥は哀しからずや空の青海のあをにも染まずただよふ　若山牧水
幾山河越えさり行かば寂しさの終てなむ国ぞ今日も旅ゆく　若山牧水
他界より眺めてあらばしづかなる的となるべきゆふぐれの水　葛原妙子
日本脱出したし　皇帝ペンギンも皇帝ペンギン飼育係りも　塚本邦雄

ころがりしカンカン帽を追うごとくふるさとの道駈けて帰らん　寺山修司
マッチ擦るつかのま海に霧ふかし身捨つるほどの祖国はありや　寺山修司
観覧車回れよ回れ想ひ出は君には一日我には一生　栗木京子

「ころがりしカンカン帽を追うごとくふるさとの道駈けて帰らん」寺山修司。簡単なことばの並びですが、故郷に帰ったときのよろこびの歩調が目に浮かぶ。天性のものを感じます。「観覧車回れよ回れ想ひ出は君には一日《ひとひ》我には一生《ひとよ》」栗木京子。若いとき、好きな人と観覧車に。彼のほうは「ほう、いい眺めだなあ」くらいのもの。でもこちらは彼のことが好きなので、このひとときがいつまでもつづけばいいのにと願う。男女の温度差をとらえた、現代の名歌です。短歌は「七七」のところで感情が、一気に、あるいは静かに解き放たれる。ひといきで長い物語を読む。そんな気持ちになります。

流れ行く大根の葉の早さかな　高浜虚子
くろがねの秋の風鈴鳴りにけり　飯田蛇笏
神田川祭の中をながれけり　久保田万太郎
紫陽花に秋冷いたる信濃かな　杉田久女

海に出て木枯帰るところなし　山口誓子
鉄工葬をはり真赤な鉄うてり　細谷源二
泉への道後れゆく安けさよ　石田波郷

「神田川祭の中をながれけり」久保田万太郎。向こうの、またこちらにも夏祭り。それらの祭りをつなぐように、神田川が静かに流れている。祭りのそばを、ではなく、祭の「中」を流れるとする視点がすばらしいです。日本語表現の極致ともいうべき作品です。「紫陽花に秋冷いたる信濃かな」杉田久女。紫陽花《あじさい》がまだ残るのに、冷やかな秋の気配。山国・信州特有の気候をうたう、清涼な名句です。「鉄工葬をはり真赤な鉄うてり」細谷源二。鉄工所の誰かが亡くなった。午前中はみんなで追悼。でも午後にはいつものきびしい仕事に戻る。胸にしみる作品です。「泉への道後れゆく安けさよ」石田波郷。病身なので、人よりも遅れてゆっくり「泉への道」を歩く。そのために、他の人には見えないものにも目がとまる。そんな、ひかえめな心の安らぎをうたったものだと思います。俳句は一瞬をとらえ、心と物の世界を簡潔に、精確に映し出します。

俳句をつくる人はとても多いのですが、こうした名句をことばの通り、つまり漢字、送り仮名も含めて正確にいえる人はとても少ない。「鉄工葬をはり真赤な鉄うてり」を「鉄工葬終わり真赤な鉄打てり」と、ぼくも一度書いてしまう。ひとつひとつの語を大切に。それが詩歌を読むときに必要なことでしょう。

詩に移ります。まずは上田敏（一八七四―一九一六）の訳詩集『海潮音』（一九〇五）より、みなさんご存じの「山のあなた」。

「山のあなた」　　カール・ブッセ　　上田敏訳

山のあなたの空遠く
「幸《さいはひ》」住むと人のいふ。
噫《ああ》、われひとゝ尋《と》めゆきて、
涙さしぐみ、かへりきぬ。
山のあなたになほ遠く
「幸《さいはひ》」住むと人のいふ。

「尋めゆきて」（尋ね求めて行って）、「涙さしぐみ」（失望して涙ぐみ）など、五音、七音のことばを選んで配置。少しこみいった表現がつづくので「かへりきぬ」は混濁のない、すっきりしたことばにするなど絶妙の調律です。幸福を求めても、その幸福は得られなかった。でもそれでもまた、さらに遠くに幸福があるといわれて、歩みつづける。人の永遠の道行きがうたわれた、日本の詩的表現の礎となる名訳です。リストをつくっていて、意外なことに気づきました。上田敏は三一歳のとき『海潮音』を出したのですが、ドイツの詩人カール・ブッセ（一八七二―一九一八）は上田敏より二つ年上なので、そのとき三三歳。いわば書かれて間もないドイツの詩を、訳したことになる。ずいぶん昔の評価の定まったドイツの古典の詩ではないのです。同時代の詩を、早々と日本語に移しかえた。いまではそうしたことは普通でしょうが、外国がとても遠かった時代なのに、こうしたことができた。そのことにおどろき、感動します。

海の幸

次は、唐の詩人・于武陵の詩と、井伏鱒二（一八九八―一九九三）の名訳です。上が原詩。下が訳。『厄除け詩集』（一九三七）より。

「勧酒」　于武陵　井伏鱒二訳

勧君金屈卮　コノサカヅキヲ受ケテクレ
満酌不須辞　ドウゾナミナミツガシテオクレ
花発多風雨　ハナニアラシノタトヘモアルゾ
人生足別離　「サヨナラ」ダケガ人生ダ

「「サヨナラ」ダケガ人生ダ」の原文は「人生足別離」。「人生には別れが多い」と訳すところかと思います。人生の一部に、別れがある。でも井伏鱒二はそうではなくて、「サヨナラ」だけが人生であり、人生には「サヨナラ」以外にはないのだ、と言い切る。この断定が読む人の心を強く反転させます。仲良しのみんなが、旅先でいう。「蓼科《たてしな》はいいねえ、ほんとうに楽しかった。ねえ、来年またみんなでどこかへ行こう」「そうしよう、そうしよう」と。でも二度と、みんなで出かけることはない。（笑）本人たちは心の底からそのとき、そう思っているのです。でも、それは二度とない。いつもその日が別れなのです。

草野心平（一九〇三―一九八八）の「青イ花」。岩波文庫『草野心平詩集』より。

「青イ花」　草野心平

トテモキレイナ花。
イッパイデス。
イイニホヒ。イッパイ。
オモイクラキ。
オ母サン。
ボク。
カヘリマセン。
泥ノ水ロノ。
アスコノオモダカノネモトカラ。
ボク。トンダラ。
ヘビノ眼ヒカッタ。
ボクソレカラ。
忘レチャッタ。
オ母サン。
サヨナラ。
大キナ青イ花モエテマス。

蛙のボクは、蛇にのまれて、死んでしまった。でも、蛙は、黄泉の国から、悲しむ母親に向けて、こう言います。大丈夫、こちらはね、それなりにいいところなの、青いきれいな花も咲いているの。ボクはもう、生きている世界に「カヘリマセン」。帰りたいけれど、帰れないではなく、もう「帰らない」と言うのです。もし、死んだ国がとても怖いところだから、帰りたいよおと言ったら、残された母ガエルは、とてもとても悲しむでしょう。いつまでも悲しむ。そうならないように、ボクは母ガエルに、こんなふうに言うのです。

残されたものを思う気持ちを、静かに深く照らし出す名品です。

次は、石垣りん（一九二〇―二〇〇四）の初期の一編、「唱歌」。

「唱歌」　石垣りん

みえない、朝と夜がこんなに早く入れ替わるのに。
みえない、父と母が死んでみせてくれたのに。
みえない、

私にはそこの所がみえない。

（くりかえし）

生きるとはどういうことか。父と母は「死んでみせてくれた」、身をもって「死んでみせてくれた」のに、それでも「私」はわからないことだらけだ。「（くりかえし）」ですから、この思いを繰り返すわけです。石垣りんは、このようなことを表現しようと思ったら、それをほぼ完璧に詩のことばで表現できる、現代詩ではとても稀な才能をもつ人でした。自分の表現に対する意識が色濃く出ています。それにしても明快な、いい詩です。

「五十年」　　木山捷平

濡縁におき忘れた下駄に雨がふつてゐるやうな
どうせ濡れだしたものならもつと濡らしておいてやれと言ふやうな
そんな具合にして僕の五十年も暮れようとしてゐた。

木山捷平（一九〇四―一九六八）は小説家ですが、詩でも名作を残しました。「五十年」

は五〇歳を迎える感慨。置き忘れて、雨に濡れた下駄。若いときなら、しまおうとするが、もう五〇歳にもなるとですね、このままでいいかなと。（笑）木山捷平の小説は講談社文芸文庫で『大陸の細道』（解説・吉本隆明）、『長春五馬路』（解説・蜂飼耳）など一〇冊以上。いまも読まれています。『耳学問・尋三《じんさん》の春』（小学館・二〇二二）の「一昔」「出石城崎《いずしきのさき》」「尋三の春」なども珠玉の作。人間の生き方について、とても確かな見方ができる特別な才能をもった人です。こちらは何も用意しないでいい。そのままの姿勢で読んでいけばよい。そんな親しみと深みのあるものを書いた。「五十年」もその一角にあります。

次の「布良《めら》海岸」は、高田敏子（一九一四―一九八九）の代表作の一つです。『日本の詩歌27　現代詩集』（中公文庫・一九七六）より。

「布良海岸」　　高田敏子

この夏の一日
房総半島の突端　布良の海に泳いだ
それは人影のない岩鼻
沐浴のようなひとり泳ぎであったが

よせる波は
私の体を滑らかに洗い　ほてらせていった
岩かげで　水着をぬぎ　体をふくと
私の夏は終っていた
切り通しの道を帰りながら
ふとふりむいた岩鼻のあたりには
海女が四、五人　波しぶきをあびて立ち
私がひそかにぬけてきた夏の日が
その上にだけかがやいていた

布良海岸（千葉県館山市）での、夏の思い出ですね。「私」はひとり、そこで泳ぎ、夏の光を浴びて、帰っていきます。「私の夏は終っていた」。もはや若いとはいえない女性の心象です。「私の夏は終っていた」という一行は作品の最後に置いて、余韻を引くところですが、この詩は少し早めに、この結びとなるような一行を出します。いったん重荷を下ろすかのように。それによって、後半の光景がよりおもむきの深いものになります。穏やかな詩ですが、技法的にも完璧な作品だと思います。

布良海岸は、青木繁の名画「海の幸」（一九〇四）の舞台。以前ぼくは取材の帰りに、ふと思いたち、館山駅からバスに乗り、「海の幸」の布良海岸に出かけたことがあります。岩がとても多い海岸でした。「海の幸」からほぼ六〇年後、高田敏子の「布良海岸」が書かれたようです。石垣りんの新刊エッセイ『詩の中の風景──くらしの中によみがえる』（中公文庫・二〇二四）の見本を、先日もらったのですが、そこには五〇編余りのいろんな詩人の作品が紹介されています。「布良海岸」も登場し、石垣りんの行き届いた鑑賞が記されています。また、中勘助の「はつ鮎」、田中冬二の「汽船」など、「思い出」を描く感動的な作品もここに収められています。それを読むことも思い出。思い出が、文学をつないでゆくのだと思います。

同じ日に、解説を書いた関係で、『吉行淳之介掌篇全集』（中公文庫・二〇二四）の見本ももらいました。吉行淳之介、生誕一〇〇年の記念出版です。今回のリストのうち、亡くなった人の生没年を見てみると、今年、二〇二四年が記念の年になる人が多い。

高浜虚子と上田敏は、生誕一五〇年。葉山嘉樹、生誕一三〇年。佐多稲子と木山捷平、生誕一二〇年、深沢七郎と高田敏子、生誕一一〇年。阿部昭、生誕九〇年。谷口善太郎、没後五〇年、山口誓子、没後三〇年、石垣りん、没後二〇年です。リストのなかだけで、こんなにあります。文学館ではこれを機に回顧展をするところもあります。文庫本の企画などもします。節目の年に、文学者たちの業績を振り返り、あらためて顕彰する。生誕一一七年といった端数では、どこも動きません。（笑）記念の年に、文学者たちを思う。あらためて作品を読み返す。それもだいじな慣例だと思います。

というわけで、ぼくの思い出の名作を、脈絡もなく話しました。結論は一つもありません。（笑）楽をしたといえば、それまでですが、小説だけではなく詩歌についても話すという人は、あまりいないのではと思います。現代の日本では、小説の話題が文学の話題。でも詩歌には、詩歌にしかとらえられない心の現象や現実がある。文学のジャンルはそれぞれが人間の現実世界に対応しています。小説の読者はいても、また、詩の読者は少しいても、小説も詩歌も、そして批評も読むという、文学全体の読者が少ないのはさみしいことだと思います。どんな表現形式にも興味と関心をもつ。それは、ぼくが自分に求めていることでもあります。

今回紹介した作品のなかの一つでも、みなさんの思い出のなかに置かれたら、うれしいことです。ありがとうございました。

（二〇二四年二月一四日／東京・調布市文化会館）

あとがき

年に七、八回は、各地で講演の機会がある。今年、二〇一五年の二月には、初めて沖縄に行った。これで話をしに出かけたことのない都道府県の数はわずかになった。話の内容は文学作品についてのものだ。本書の題は、『文学の空気のあるところ』とした。

本を読む人たちの前で話すことが多い。あまり本を読まない若い人たちの場所にも行く。文学の空気のあるところと、うすいところだ。そのどちらにも注意が必要になる。うすいところでどういうふうに語るか。話をしていくか。ぼくもあまり本を読んでいるほうではないので、自分に向かって話す。そんなときもある。どんな場面でも、自分の思いや考えを率直に話すことがいちばんいいのだろう。

日本近代文学館主催の「夏の文学教室」では、近年はほぼ毎回、話している。通常は七月下旬。会場は千代田区有楽町の、よみうりホール。一日に三人が講演。六日間にわたる。

本書には、そこから五つの講演を収録した。他に、都内北区でのものと、札幌市での講演を収めた。全三章に分けた。収録にあたり改題し、加筆した。各文末尾にも簡単に記したが、本書掲載順に、もとの題、年月日、会場、入場者数、講演時間、そのときの感想などを記しておく。

「昭和の本棚を見つめる」（原題は「昭和の読書」）。二〇一〇年七月二六日（月）。よみうりホール。四一六人。一時間。ある映画の一場面を暗記していったが、何とかまちがわずに話せたので、その点はよかった。

「高見順の時代をめぐって」（原題は「高見順の世界」）。二〇一三年七月三一日（水）。よみうりホール。五四六人。一時間。高見順と同時代の伊藤整など、高見順以外の作家の作品を、直前まで読んでいた。周辺のことを頭に入れておくと気持ちが落ち着くものである。今年は高見順没後五〇年。二〇一五年九月二六日から一一月二八日まで、日本近代文学館で高見順展が開催される。

「山之口貘の詩を読んでいく」（原題は「山之口貘の世界」）。二〇一四年七月二八日（月）。よみうりホール。三八六人。一時間。詩を紹介し、それから話す。その繰り返し。聞いている人に、詩の残像がとどまるように努めた。

「名作・あの町この町」（原題は「文学散歩と世界」）。二〇一三年六月二日（日）。東京都北区、田端文士村記念館。同館の開館二〇周年記念講演。一〇八人。休憩を入れて二時間二〇分。親戚の、ほとんど会うことのないおじさんが聞きに来て、びっくりした。終わったあと三〇人ほどの方たちと芥川龍之介旧居跡まで散歩した。そのおじさんもいた。

「「少女」とともに歩む」（原題は「結城信一『文化祭』」）。二〇〇〇年七月二六日（水）。よみうりホール。五三五人。一時間。結城信一についてはこれまで何回か書いていたが、話すのは初めてだった。

「詩と印刷と青春のこと」（原題は「詩と印刷と青春」）。二〇〇七年七月二八日（土）。よみうりホール。六四九人。一時間。たくさんの人が聞いてくれた。

「思想から生まれる文学」（原題は「石上玄一郎の文学を語る」）。二〇一一年一〇月一九日（水）。札幌市、北海道自治労会館。八〇人。一時間。そのあと石上作品をめぐって、ロシア文学者の工藤正廣氏と対談した。北海道労働文化協会主催の、リレー講座。受講者との対話も楽しかった。講演の一部は「労仂文化」二三二号（二〇一二年一月）に掲載。

講演を一冊にするのは、ぼくには初めてのことだ。

三年前、中央公論新社編集部の橋爪史芳さんが現れて、まとめたいと言う。橋爪さんがその場にいて聞いたものについては、テープ起こしをし、ひとつ、またひとつと、仮の校正刷をこちらに届けてくれた。それでも気が進まなかった。会場に来た方たちが、少しでもみちたりた気分になるようにとの思いで話している。あとで活字になることなど、意識していない。話がつながっていないところもある。まとめるとなると調整するのにとても時間がかかる。それに、ぼくの話は雑然としていて、内容などない。そのことがいちばんつらい。だがひとつの記録として収めるのであれば、とも思えるようになった。いまだにためらいはあるものの、こうして本になるのは、しあわせなことだ。

講演では、これまで文章のかたちで発表したことも話している。だから、本に書いたことと同じことが各所で顔を出す。同じことを他の場所で話しているところも少しある。でも話したことを変えるのは不自然なので、敢えてそのままにした。

刊行にあたり、日本近代文学館の吉原洋一氏、田端文士村記念館、北海道労働文化協会のみなさんのお世話になった。この本が生まれるまで終始支えてくれた中央公論新社、橋爪史芳さんに感謝したい。

表記は、原則として統一していない。文章の流れに沿い、漢字になったり、かなになったりする。引用も、そのとき紹介した本をもとにするので、新字、旧字、新かな、旧かながまじる。西暦・和暦についても同様である。話したあと、近年に刊行された書物のデータも本文中に加えることにした。講演では「私は」などと話しているが、いつも書いているときの「ぼくは」に変えた。少しだけ「私」を残した。

校正刷を見ていると、いろんな本や作品が出てくる。ひとつひとつ、読んだときのようすがよみがえる。目に浮かぶ。

また機会があれば、文学について書きたい。話したい。

二〇一五年五月一〇日

荒川洋治

文庫版あとがき

『文学の空気のあるところ』（中央公論新社・二〇一五年六月）が、中公文庫として新規に刊行されることになった。大変うれしく思う。

そのあとも神奈川、徳島、山口、長野・塩尻、大阪・高槻、群馬・榛東、京都などで、話す機会をいただいた。この文庫には、この一年間の二回分を加えた。新たに収めたものは、以下の通りである。単行本の「あとがき」に倣ってデータを記しておく。

「「世界の名作」の輝き」（原題も同じ）。二〇二三年一〇月八日（日）。福井市の福井県立図書館、多目的ホール。一〇〇人。一時間半。久しぶりの帰省。知人、友人たちと再会した。必要はないと思い、録音しなかったので、こちらのメモをもとに原稿にした。内容の一部を省略し、全体を短くした。前置きの一部と、プラトーノフの作品紹介を補った。

「思い出の文学」（原題も同じ）。二〇二四年二月一四日（水）。東京の調布市文化会館。調布市立図書館、アカデミー愛とぴあ、の共催。一二五人。一時間四五分。会場には各世代の人たちの姿があり、新鮮な空気を感じた。ここではその一部を掲載したが、内容をあらためたところがある。調布に行くのは初めてだった。迷うと困るので、二ヵ月前に、こっそり会場の下見にでかけ、そばの公園で弁当を食べた。

以上二つには、各地での話と重なる箇所もあるが、そのままにした。

二〇二一年四月から六月、NHKラジオ第二で「新しい読書の世界」（全一三回）の題で話した。前記の講演で紹介した作品は、放送のテキストの一部でもある。同じ作品でも、何回か話すうち、以前には見えなかったことが、心に浮かぶ。話すときは、新しい世界になるのだ。巻末の「参考文献一覧」は、簡略にして記載した。

単行本のときと同様に、今回も、中央公論新社の文庫編集部、橋爪史芳さんのお世話になった。深く感謝したい。

二〇二四年八月二〇日

荒川洋治

参考文献一覧

全体にわたって

『日本文學全集』全七二巻（新潮社・一九五九―一九六五年）
『日本の文学』全八〇巻（中央公論社・一九六四―一九七〇年）
『三省堂 名歌名句辞典』（三省堂・二〇〇四年）
『日本近代文学年表』（小田切進編・小学館・一九九三年）

I

昭和の本棚を見つめる

耕 治人『一條の光』（芳賀書店・一九六九年）
『耕治人全集』全七巻（晶文社・一九八八―一九八九年）
高橋源一郎『大人にはわからない日本文学史』（岩波書店・二〇〇九年、岩波現代文庫・二〇一三年）
広津和郎『文学論』（平野謙編・筑摩叢書・一九七五年）
内田百閒『冥途・旅順入城式』（岩波文庫・一九九〇年）
丹羽文雄『蕩児帰郷』（中央公論社・一九七九年、中公文庫・一九八三年）

小出正吾『児童世界文学全集7　シェークスピア名作集』（偕成社・一九六〇年）

高見順の時代をめぐって

『高見順全集』全二〇巻・別巻一（勁草書房・一九七〇―一九七七年）
川端康成「刊行の辞」／同前『高見順全集』内容見本（一九七〇年）
中島健蔵「高見順」／『現代作家論』（河出書房・一九四一年）
伊藤　整「解説」／高見順『如何なる星の下に』（角川文庫・一九五五年）
井伏鱒二『厄除け詩集』（講談社文芸文庫・一九九四年）
伊藤　整「「いやな感じ」書評」／『伊藤整全集20』（新潮社・一九七三年）
三島由紀夫「いやな、いやな、いい感じ」／『三島由紀夫全集31　評論Ⅶ』（新潮社・一九七五年）
平野　謙『文藝時評』（河出書房新社・一九六三年）
高見　順『三十五歳の詩人』（中公文庫・一九七七年）
飯島耕一『ゴヤのファースト・ネームは』（青土社・一九七四年）

山之口貘の詩を読んでいく

『世界の詩60　山之口貘詩集』（金子光晴編・彌生書房・一九六八年）
『山之口貘詩文集』（講談社文芸文庫・一九九九年）
『新編　山之口貘全集1　詩篇』（思潮社・二〇一三年）
谷川俊太郎『詩ってなんだろう』（筑摩書房・二〇〇一年、ちくま文庫・二〇〇七年）
『日本の詩歌20』（中央公論社・一九六九年、中公文庫・一九七五年）

吉本隆明『詩学叙説』（思潮社・二〇〇六年）
『中野重治詩集』（岩波文庫・一九五六年、新版・一九七八年）
川路柳虹「塵塚」／『日本の詩101年』（「新潮」一一月臨時増刊・一九九〇年）
『日本の古典をよむ14　方丈記・徒然草・歎異抄』（小学館・二〇〇七年）

II

名作・あの町この町

『群馬文学全集6　大手拓次・岡田刀水士』（伊藤信吉監修・群馬県立土屋文明記念館・二〇〇〇年）
『現代詩鑑賞講座12　明治・大正・昭和詩史』（角川書店・一九六九年）
湯浅半月『十二の石塚』特選名著復刻全集（日本近代文学館・一九八〇年）
阿部　昭『大いなる日・司令の休暇』（講談社文芸文庫・一九九〇年）
和田芳恵『雪女』（文藝春秋・一九七八年）
深沢七郎『みちのくの人形たち』（中公文庫・一九八二年、改版・二〇一二年）
横光利一『夜の靴・微笑』（講談社文芸文庫・一九九五年）
宮内寒彌『七里ヶ浜』（新潮社・一九七八年）
『芥川龍之介全集24』（岩波書店・一九九八年）
村上春樹『神の子どもたちはみな踊る』（新潮社・二〇〇〇年、新潮文庫・二〇〇二年）
阿部知二『冬の宿』（講談社文芸文庫・二〇一〇年）
石川達三「交通機関に就いての私見」／『日本文学全集64　石川達三集』（集英社・一九六七年）
『中谷宇吉郎集1』（岩波書店・二〇〇〇年）

金　史　良『光の中に』（講談社文芸文庫・一九九九年）
『金史良全集』全四巻（河出書房新社・一九七三―一九七四年）
寺山修司『寺山修司全歌集』（講談社学術文庫・二〇一一年）
田畑修一郎『出雲・石見』（小山書店・一九四三年、『田畑修一郎全集2』冬夏書房・一九八〇年）
黒島伝治『瀬戸内海のスケッチ』（山本善行選・サウダージ・ブックス・二〇一三年）
田宮虎彦『足摺岬』（講談社文芸文庫・一九九九年）
加能作次郎『世の中へ・乳の匂い』（荒川洋治編・講談社文芸文庫・二〇〇七年）

Ⅲ

「少女」とともに歩む

宇佐美徹也『プロ野球記録大鑑』（講談社・一九九三年）
結城信一『文化祭』（私家版・一九七七年）
結城信一『文化祭』（青娥書房・一九七七年）
『結城信一全集』全三巻（未知谷・二〇〇〇年）
結城信一『セザンヌの山・空の細道』（講談社文芸文庫・二〇〇二年）
『白楽天詩集』（武部利男編訳・平凡社ライブラリー・一九九八年）

詩と印刷と青春のこと

『全集・戦後の詩』全五巻（角川文庫・一九七二―一九七四年）
寺山修司『戦後詩』（ちくま文庫・一九九三年、講談社文芸文庫・二〇一三年）

萩原朔太郎『ダイソー文学シリーズ22　萩原朔太郎』（大創出版・二〇〇六年）

思想から生まれる文学

石上玄一郎『千日の旅』（荒川洋治編・未知谷・二〇一一年）
『石上玄一郎小説作品集成』全三巻（未知谷・二〇〇八年）
『本庄陸男全集1』（影書房・一九九三年）

「世界の名作」の輝き

『モーパッサン全集3』（春陽堂書店・一九六六年）
プーシキン『オネーギン』（池田健太郎訳・岩波文庫・一九六二年、改版・二〇〇六年）
デュマ・フィス『椿姫』（西永良成訳・角川文庫・二〇一五年）
シュトルム『みずうみ　他四篇』（関泰祐訳・岩波文庫・一九五三年、改版・二〇〇九年）
『少女世界文学全集18　みずうみ・三色菫』（結城信一訳・偕成社・一九六二年）
チェーホフ『子どもたち・曠野　他十篇』（松下裕訳・岩波文庫・二〇〇九年）
『ソーントン・ワイルダーI　わが町』（鳴海四郎訳・ハヤカワ演劇文庫・二〇〇七年）
サローヤン『ヒューマン・コメディ』（小川敏子訳・光文社古典新訳文庫・二〇一七年）
『プラトーノフ作品集』（原卓也訳・岩波文庫・一九九二年）

思い出の文学

尾崎紅葉『多情多恨』（岩波文庫・一九三九年、改版・二〇〇三年）

国木田独歩『運命』（岩波文庫・二〇二二年）
『現代の作家』（中野好夫編・岩波新書・一九五五年）
『葉山嘉樹短篇集』（道簱泰三編・岩波文庫・二〇二一年）
『谷口善太郎小説選』（新日本出版社・一九六三年）
『小林勝作品集1』（白川書院・一九七五年）
『昭和の名短篇』（荒川洋治編・中公文庫・二〇二一年）
谷崎潤一郎『瘋癲老人日記』（中公文庫・二〇二二年）
深沢七郎『庶民烈伝』（中公文庫・二〇一三年）
梶山季之『李朝残影』（光文社文庫・二〇二二年）
『草野心平詩集』（入沢康夫編・岩波文庫・一九九一年）
『現代詩文庫46　石垣りん詩集』（思潮社・一九七一年）
『木山捷平全詩集』（講談社文芸文庫・一九九六年）
木山捷平『耳学問・尋三の春』（小学館・二〇二二年）
『日本の詩歌27　現代詩集』（中央公論社・一九七〇年、中公文庫・一九七六年）

・詩歌や文章の一節を引用、あるいは参照したものの一部を記した。その他の主要作品は「全体にわたって」の文学全集に収録されている。

本書は『文学の空気のあるところ』（二〇一五年六月、中央公論新社）を文庫化したものです。文庫化にあたり、「世界の名作」の輝き」「思い出の文学」の二篇を書き下ろしました。

中公文庫

文学《ぶんがく》の空気《くうき》のあるところ

2024年９月25日　初版発行

著　者　荒《あら》川《かわ》 洋《よう》治《じ》

発行者　安 部 順 一

発行所　中央公論新社
〒100-8152　東京都千代田区大手町1-7-1
電話　販売 03-5299-1730　編集 03-5299-1890
URL https://www.chuko.co.jp/

ＤＴＰ　平面惑星
印　刷　三晃印刷
製　本　小泉製本

Published by CHUOKORON-SHINSHA, INC.
Printed in Japan　ISBN978-4-12-207555-9 C1195

中公文庫既刊より

各書目の下段の数字はＩＳＢＮコードです。978－4－12が省略してあります。

あ-96-1
昭和の名短篇
荒川洋治編
現代詩作家・荒川洋治が昭和・戦後期の名篇を厳選。志賀直哉、高見順から色川武大まで全十四篇を収録した戦後文学アンソロジーの決定版。文庫オリジナル。
207133-9

あ-96-2
文庫の読書
荒川洋治
文庫愛好歴六〇年の現代詩作家が、読んで書いた文庫をめぐるエッセイを自ら厳選。文庫オリジナル編集で贈る、文庫愛読者のための文庫案内全一〇〇冊。
207348-7

あ-20-3
天使が見たもの　少年小景集
阿部昭
短篇の名手による〈少年〉を主題としたオリジナル・アンソロジー。表題作ほか教科書の定番「あこがれ」「自転車」など全十四編。〈巻末エッセイ〉沢木耕太郎
206721-9

あ-20-4
新編　散文の基本
阿部昭
『短編小説礼讃』の著者による小説作法の書。「私の文章作法」「短篇小説論」に日本語論、自作解説等を増補した新編集版。巻末に荒川洋治との対談を収録。
207253-4

ふ-2-5
みちのくの人形たち
深沢七郎
お産が近づくと屏風を借りにくる村人たち、両腕のない仏さまと人形——奇習と宿業の中に生の暗闇を描いた表題作をはじめ七篇を収録。〈解説〉荒川洋治
205644-2

ふ-2-6
庶民烈伝
深沢七郎
周囲を気遣って本音は言わずにいる老婆（「おくま嘘歌」）、美しくも滑稽な四姉妹（「お燈明の姉妹」）ほか、烈しくも哀愁漂う庶民を描いた連作短篇集。〈解説〉蜂飼　耳
205745-6

ふ-2-7
楢山節考／東北の神武たち　深沢七郎初期短篇集
深沢七郎
「楢山節考」をはじめとする初期短篇のほか、伊藤整・武田泰淳・三島由紀夫による選評などを収録。文壇に衝撃をもって迎えられた当時の様子を再現する。〈解説〉小山田浩子
206010-4

ふ-2-8
言わなければよかったのに日記　深沢七郎
小説「楢山節考」でデビューした著者が、武田泰淳、正宗白鳥ら畏敬する作家との交流を綴る文壇日記。巻末に武田百合子との対談を付す。〈解説〉尾辻克彦
206443-0

ふ-2-9
書かなければよかったのに日記　深沢七郎
ロングセラー『言わなければよかったのに日記』の姉妹編（『流浪の手記』改題）。飄々とした独特の味わいとユーモアがにじむエッセイ集。〈解説〉戌井昭人
206674-8

よ-13-13
少女架刑　吉村昭自選初期短篇集Ⅰ　吉村昭
歴史小説で知られる著者の文学的原点を示す初期作品集（全二巻）。「鉄橋」「星と葬礼」等一九五二年から六〇年までの七編とエッセイ「遠い道程」を収録。
206654-0

よ-13-14
透明標本　吉村昭自選初期短篇集Ⅱ　吉村昭
死の影が色濃い初期作品から芥川賞候補となった表題作、太宰治賞受賞作「星への旅」ほか一九六一年から六六年の七編を収める。〈解説〉荒川洋治
206655-7

よ-13-15
冬の道　吉村昭自選中期短篇集　吉村昭／池上冬樹編
透徹した視線、研ぎ澄まされた文体。『戦艦武蔵』以降、昭和後期までの「中期」に書かれた作品群から、吉村文学の結晶たる十篇を収録。〈編者解説〉池上冬樹
207052-3

よ-13-16
花火　吉村昭後期短篇集　吉村昭／池上冬樹編
生と死を見つめ続けた静謐な目は、その晩年に何をとらえたか。昭和後期から平成十八年までに著された、遺作「死顔」を含む十六篇。〈編者解説〉池上冬樹
207072-1

よ-17-14
吉行淳之介娼婦小説集成　吉行淳之介
赤線地帯の疲労が心と身体に降り積もり、街から抜け出せなくなる繊細な神経の女たち。「赤線の娼婦」を描いた全十篇に自作に関するエッセイを加えた決定版。
205969-6

よ-17-16
子供の領分　吉行淳之介
教科書で読み継がれた名篇「童謡」など、早熟でどこか醒めた少年の世界を描く十篇。随筆「子供の時間」他一篇を付す。〈巻末エッセイ〉安岡章太郎・吉行和子
207132-2

各書目の下段の数字はISBNコードです。978－4－12が省略してあります。

よ-17-18
吉行淳之介掌篇全集
吉行淳之介
短篇の名手による、研ぎ澄まされた掌篇五十篇。一九六一年の「肥った客」から八三年の「夢の車輪」まで年代順に初集成。文庫オリジナル。〈解説〉荒川洋治
207487-3

い-42-3
いずれ我が身も
色川武大
歳にふさわしい格好をしてみるかと思っても、長年にわたって磨き込んだみっともなさは変えられない――永遠の〈不良少年〉が博打を友を語るエッセイ集。
204342-8

い-42-4
私の旧約聖書
色川武大
中学時代に偶然読んだ旧約聖書で人間の叡智への怖れを知った……。人生のはずれ者を自認する著者が、旧約と関わり続けた生涯を綴る。〈解説〉吉本隆明
206365-5

い-139-1
朝のあかり 石垣りんエッセイ集
石垣りん
働きながら続けた詩作、五十歳で手に入れたひとり暮らし。「表札」などで知られる詩人の凜とした生き方が浮かぶ文庫オリジナルエッセイ集。〈解説〉梯久美子
207318-0

い-139-2
詩の中の風景 くらしの中によみがえる
石垣りん
詩は自分にとって実用のことばという著者が、五三人の詩を選びエッセイを添える。読者ひとりひとりに手渡される詩の世界への招待状。〈解説〉渡邊十絲子
207479-8

う-9-4
御馳走帖
内田百閒《ひゃっけん》
朝はミルク、昼はもり蕎麦、夜は山海の珍味に舌鼓をうつ百閒先生の、窮乏時代から知友との会食まで食味の楽しみを綴った名随筆。〈解説〉平山三郎
202693-3

う-9-5
ノラや
内田百閒
ある日行方知れずになった野良猫の子ノラと居つきながらも病死したクルツ。二匹の愛猫にまつわる愛情と機知とに満ちた連作14篇。〈解説〉平山三郎
202784-8

う-9-7
東京焼盡《しょうじん》
内田百閒
空襲に明け暮れる太平洋戦争末期の日々を、文学の目と現実の目をないまぜつつ綴る日録。詩精神あふれる稀有の東京空襲体験記。
204340-4

こ-62-2
私の作家評伝
小島信夫
彼らから受け継ぐべきものとは何か——近代日本文学の代表的な文豪十六人の作品と人生を、独自の批評眼で辿る評伝集。〈巻末鼎談〉柄谷行人・山崎正和
207494-1

た-7-2
敗戦日記
高見順
〝最後の文士〟として昭和という時代を見つめ続けた著者の戦時中の記録。日記文学の最高峰であり昭和史の一級資料。昭和二十年の元日から大晦日までを収録。
204560-6

た-30-62
瘋癲《ふうてん》老人日記
谷崎潤一郎
性に執着する老人を戯画的に描き出した晩年の傑作長篇。絶筆随筆「七十九歳の春」他、棟方志功による美麗な板画を収載。〈解説〉吉行淳之介／千葉俊二〈註解〉細川光洋
207298-5

た-15-10
富士日記（上）新版
武田百合子
夫・武田泰淳と過ごした富士山麓での十三年間を克明に描いた日記文学の白眉。昭和三十九年七月から四十一年九月分を収録。〈巻末エッセイ〉大岡昇平
206737-0

た-15-11
富士日記（中）新版
武田百合子
愛犬の死、湖上花火、大岡昇平夫妻との交流。昭和四十一年十月から四十四年六月の日記を収録する。田村俊子賞受賞作。〈巻末エッセイ〉しまおまほ
206746-2

た-15-12
富士日記（下）新版
武田百合子
季節のうつろい、そして夫の病。山荘でともに過ごした最後の日々を綴る。昭和四十四年七月から五十一年九月までを収めた最終巻。〈巻末エッセイ〉武田　花
206754-7

た-16-7
神馬《じんめ》／湖　竹西寛子精選作品集
竹西寛子
表題作ほか、「兵隊宿」（川端賞）「蘭」「鶴」など自選短篇小説全十三篇に、高校の国語教科書で親しまれた随想八篇を併せた決定版作品集。〈解説〉堀江敏幸
207246-6

た-43-2
詩人の旅　増補新版
田村隆一
荒地の詩人はウイスキーを道連れに各地に旅立った。北海道から沖縄まで十二の紀行と「ぼくのひとり旅論」を収める〈ニホン酔夢行〉。〈解説〉長谷川郁夫
206790-5

各書目の下段の数字はISBNコードです。978－4－12が省略してあります。

た-24-3
ほのぼの路線バスの旅
田中小実昌
バスが大好き——。路線バスで東京を出発して東海道を西へ、山陽道をぬけて鹿児島まで。コミさんのノスタルジック・ジャーニー。〈巻末エッセイ〉戌井昭人
206870-4

な-6-3
歌のわかれ・五勺の酒
中野重治
旧制四高生の青春を描く「歌のわかれ」、天皇感情を問うた「五勺の酒」に「村の家」などを収めた代表作選集。〈巻末エッセイ〉石井桃子・安岡章太郎ほか
207157-5

は-28-2
二魂一体の友
萩原朔太郎
室生犀星
北原白秋主宰の雑誌投稿で出会い、生涯の親友にして好敵手となった二人。交流を描いたエッセイ、互いの詩集に寄せた序文等を集成する。文庫オリジナル。
207099-8

み-5-2
盆土産と十七の短篇
三浦哲郎
「盆土産」「とんかつ」など、国語教科書で長年読み継がれた名篇を中心に精選したオリジナル・アンソロジー。自作解説を付す。〈巻末エッセイ〉阿部昭
206901-5

ち-8-16
対談 日本の文学 素顔の文豪たち
中央公論新社 編
森鷗外、夏目漱石、芥川龍之介、谷崎潤一郎、太宰治……文豪の家族や弟子が間近に見たその生身の姿を語る。全集『日本の文学』の月報対談を再編集。全三巻。
207359-3

ち-8-17
対談 日本の文学 わが文学の道程
中央公論新社 編
川端康成、小林秀雄、宇野千代、井伏鱒二、武田泰淳、三島由紀夫、有吉佐和子、開高健……作家が自らの作品、当時の文壇事情や交友を闊達自在に語り合う。
207365-4

ち-8-18
対談 日本の文学 作家の肖像
中央公論新社 編
泉鏡花、国木田独歩、島崎藤村、林芙美子、柳田国男、菊池寛、稲垣足穂、横光利一……全集編集委員や同時代評論家による作家論。〈解説〉大岡昇平／関川夏央
207379-1

ぬ-3-1
文庫で読む100年の文学
沼野充義／松永美穂／阿部公彦／読売新聞文化部 編
二一世紀に読み継いでいきたい文学作品とは。第一次世界大戦前後から一〇〇年の海外文学六〇冊、日本文学四〇冊を厳選。ポケットに入る世界文学全集の提案。
207366-1